D+
dear+ novel
Torikagono tobirawa tojita・・・・・・・・・・・・

鳥籠の扉は閉じた

宮緒 葵

新書館ディアプラス文庫

鳥籠の扉は閉じた

contents

illustration : 立石 涼

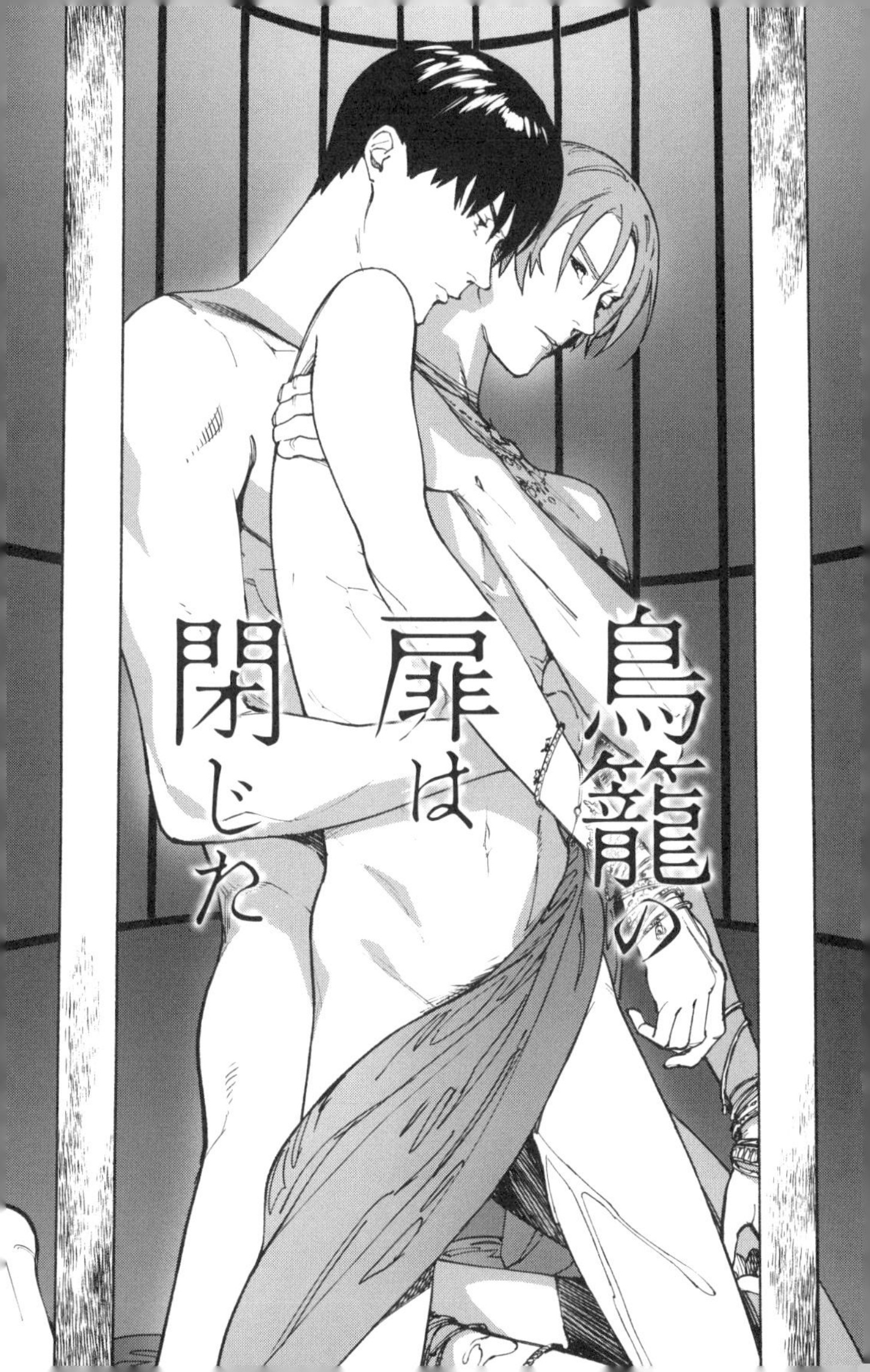
鳥籠の
扉は
閉じた

昨日は何事も無く終わった。

今日もまた、いつも通りの一日が始まるはずだ。


いつまで経っても嗅《か》ぎ慣れない香りに鼻先をくすぐられ、桐島雪加《きりしませつか》は目を覚ました。微《かす》かに漂う梔子《くちなし》の残り香を寝ぼけ眼《まなこ》で払いのけ、枕元のスマートフォンを手繰《たぐ》り寄せる。

午前六時三十六分。

セットしたアラームより三十分近く早いが、二度寝を決め込む気にもなれない。のそのそとベッドから抜け出し、乱れた布団もそのまま、洗面所に向かう。

……相変わらず、不健康そうな顔だな。

歯を磨《みが》きながら、雪加はぼんやりと鏡を眺めた。

眠たそうに見返してくる顔は、二十四歳という実年齢より幼く見られがちではあるものの平凡で、容易《たやす》く人込みに埋《う》もれてしまう。寝ぐせの付きやすい髪と丸い瞳は、日本人にしては明るい茶色だが、アメリカの人だった祖母の血がたまたま濃く出ただけだろう。

取り立てて整ってはいないが、醜《みにく》くもない。ありふれた男の顔だ。探せばどこにだって居るだろう。

女性に人気の俳優やアイドルのように整っているわけでも、愛らしいわけでもない。他人に注目される要素など、どこにも無い。

『…何を言ってるの？』

脳裏《のうり》にこびり付いた甘い声音が、耳の奥でねっとりと囁いた。

『雪加ほどこの手で守ってあげたくなる子なんて、どこにも居るわけないのに』

恍惚《こうこつ》に細められる黒い瞳。長い前髪に半《なか》ば覆《おお》われていてもなお、はっとするほど妖艶な顔立ち。

迷い無く雪加に差し伸べられる、ほのかな梔子の香りを纏《まと》わせた手。息が止まりそうになるほど、強い抱擁《ほうよう》……。

「…っ…！」

雪加はきゅっと瞼《まぶた》を閉ざし、頭から幻を追い払った。口をゆすぎ、冷たい水で何度も顔を洗ううちに、波立ちかけた心は落ち着きを取り戻してゆく。

……そうだ。昨日も大丈夫だったんだから、今日も大丈夫に決まってる。何も無い。今日も何も無い……。

顔を拭《ふ》いて洗面所を出る。一年ほど前から暮らし始めたアパートの間取りは、独身の一人暮らしにしては贅沢《ぜいたく》な二ＤＫだ。キッチンに行くと、テーブルには湯気のたつ朝食が並べられていた。

朝は和食を好む雪加に合わせ、主食は炊き立てのご飯だ。

メインは程よい焼き色をつけた塩鯖《しおさば》で、木の芽を乗せた出汁《だし》巻き卵と里芋の煮物が添えられている。大粒の浅蜊《あさり》を具材にした味噌汁といい、小皿に盛られた自家製の糠漬《ぬかづ》けの胡瓜《きゅうり》や小茄子《こなす》といい、何から何まで雪加の好物ばかりだ。当然、湯呑《ゆのみ》の中身も、ちょうど良い熱さに淹《い》れられた緑茶である。

昨晩、確かに電源を切ったはずのテレビは、雪加が学生の頃から見続けているニュース番組を映し出していた。熟練のアナウンサーが読み上げるニュースを聞きながら、好物だらけの朝食をゆっくり食べ終える頃には、七時半近くだ。

空《から》の食器をシンクに運び、寝室に戻ると、壁にスーツ一式がかけられていた。きちんとメイクされたベッドの上にはスーツに合わせたネクタイとワイシャツ、靴下、腕時計までもが揃っているから、何も考えずにそれらを纏うだけで身支度は完了する。

キッチンのテーブルに置かれていたランチボックスと通勤用の鞄を持ち、雪加は部屋を出た。ちらと確認した腕時計によれば、七時四十五分三十三秒。

昨日とほぼ同じ時刻に、自然と息が零《こぼ》れた。いつもと同じ行動をなぞっていると、たまらなく安心する。

独身者専用のアパートは満室だと仲介業者に聞いた覚えがあるが、朝に限らず、住人とは一度も遭遇したことが無い。今朝も誰とも出くわさないまま、最寄りの駅から電車に乗り込み、三駅で降りる。下り方面なので、ほとんどラッシュに巻き込まれずに済むのがありがたい。

雪加の勤める商社は、駅から十分ほど歩いた先のビルに入居しており、古き良き昭和の匂いを漂わせた駅前商店街のアーケードを突っ切れば近道になる。

モーニング営業の喫茶店以外はまだ開店前だが、めいめい工夫の凝《こ》らされたショーウィンドウを眺めるのが毎朝の密《ひそ》かな楽しみなのだ。季節に応じてレイアウトされるショーウィンドウは、よどんだ水に浸《つ》かるような生活の中、数少ない変化の一つだから。

「……あれ？」

戦前から続いているという老舗《しにせ》紳士服店の前で、雪加はふと足を止めた。

確か昨日まではサマースーツがディスプレイされていたはずだが、今日は秋物のコートが飾られている。猛暑だった反動か、九月も末に入ると一気に冷え込んできたから、そろそろ羽織《はお》るものが必要になるだろう。

ネイビーのシングルトレンチコートは雪加の好みだが、二十代のサラリーマンに手が出るような価格ではなかった。小さな溜息を吐き、交差点を渡った向こう側で、雪加は再び立ち止まる。

時折仕事帰りに寄る大型書店のショーウィンドウに、新しいポスターが貼られていた。雪加の好きなミステリ作家が、数年ぶりに新刊を発売するらしい。しかも、雪加がずっと続きを待ち続けていたシリーズの最新作である。

発売日は一週間後だ。思いがけず楽しみが増え、オフィスビルのエレベーターに乗り込む足取りもほんの少しだけ軽くなる。

月末に差し掛かったのと、大幅なシステム変更があったせいで、雪加が所属する経理部はてんてこ舞いの忙しさだ。

夢中でデータを入力していると、あっという間に昼休みになった。ビル周辺はサラリーマン向けの飲食店が充実しているため、同僚たちはほとんどが外出するが、雪加は居残りだ。誰かと一緒に食べることも、散歩がてら、近所の公園にランチボックスを持って出ることも出来ない。

「…おっ。桐島の弁当、相変わらず手が込んでて美味《うま》そうだな」

背後を通り過ぎようとした先輩社員の中川《なかがわ》が、デスクに広げられた雪加のランチボックスを覗き込んだ。朝は和食だったから、昼は中華だ。

三段のランチボックスの一段目は、ローストした鴨肉《かもにく》に野菜の酢漬《すづ》けとサラダの前菜。二段目は春巻きや焼売《シュウマイ》、大根餅《だいこんもち》などの点心《てんしん》。三段目はメインのエビのマヨネーズソースで、主食のチャーハンは食べやすいよう、お握《にぎ》りにしてある。

別添えのスープジャーの中身がキノコと豆腐《とうふ》のあっさりとしたスープなのは、雪加の胃を慮《おもんぱか》ってのことだろう。保温カップには温かいジャスミンティーが満たされ、デザートに果肉入りのマンゴープリンとミニサイズの月餅《げっぺい》まで用意されている。

「俺、甘いもの好きでさあ。この月餅、もらってもいいか？」

「あ……」

雪加の返事も待たず、手を伸ばそうとした中川をたしなめるのは、伝票のチェックをしていた部長だ。

「こら中川、意地汚い真似をするな。さっさと昼飯を済ませて来い。まだまだ仕事は山積みなんだからな」

「は…、はいっ…！」

中川は雪加を片手で拝《おが》み、そそくさと出て行った。オフィスに残ったのは、雪加と部長だけだ。

雪加の知る限り、部長は決してランチを食べに行かず、オフィスの外に出たりもしない。いつでも在席し、部下たちの言動に目を光らせている。

……部長と個人的な会話をしたことは無いけど、多分……。

じわりと滲《にじ》み出る暗い気持ちを呑み込み、雪加はランチを平らげた。種類は豊富だが、量は小食の雪加に合わせてくれてあるので、残さずに済む。

昼食の後も、雪加は黙々と仕事に励《はげ》んだ。時折、中川が振ってくる雑談も、可能な限り短い返事だけで切り上げる。

部長が何も注意せずにいるのが、かえって恐ろしかった。もしや、何かを試されているのではないかと。

背後にびくびくしながら、雪加はひたすらキーボードを叩き続けた。終業時刻の午後五時半ぴったりになると、ディスプレイを覗き込んでいた部長が顔を上げる。

「桐島、時間だ」

「はい。……では、お先に失礼します」

残業確定の上司と同僚たちに一礼し、一番新入りで下っ端《したっぱ》の雪加が真っ先にオフィスを出る。いつものことなので、もはや誰も気にしない。どうしてあいつばっかり残業させられないんだ、と噂されているかもしれないが、雪加の耳には絶対に届かないのだろう。

秋の日はつるべ落としだ。商店街を通り抜け、電車に乗る前はまだかろうじて明るかったのに、アパートに帰り着く頃にはすっかり暗くなっていた。

……今日も大丈夫、大丈夫…何も無い。

祈るように念じてから外灯に照らされた外階段を上り、二階奥の自宅の扉を開ける。

玄関に出しっぱなしの予備の革靴は、朝、少し気になっていた汚れが綺麗に拭《ぬぐ》い落とされ、上品な艶を取り戻していた。休みの日に履《は》くスニーカーも、ほつれて切れそうになっていた紐《ひも》が取り替えられ、雪加が一番履きやすい位置できちんと結ばれている。

「……は、…あ……」

得体の知れない息苦しさが、身体の奥からせり上がってきた。

抗《あらが》うように深呼吸しながら靴を脱ぎ、雪加は部屋に上がった。キッチンを通り過ぎる時、ちらと見遣ったシンクは空っぽで、綺麗に洗われた食器が棚に片付けてある。

寝室に入った瞬間、微かに漂った梔子の香りを無視し、ベッドの上に並べられた部屋着のスウェットに着替えた。脱いだスーツをハンガーにかけ、クロゼットの扉を開くと、今朝は無かった大きな平たい箱が置かれている。

無視したい気持ちを抑え付け、丁寧に施《ほどこ》されたラッピングを剝《は》がした。

半ば予想済みだったが、箱の中身は今朝、雪加がいいなと思ったネイビーのシングルトレンチコートだ。嫌々羽織ってみれば、誂《あつら》えたようにぴったりである。

……誂えたように、だって？

ふっと自嘲《じちょう》し、雪加はコートと一緒に収められていた手袋とマフラーも身に着けてみた。極上のカシミアを用いたマフラーは肌の弱い雪加でもちくちくすることは無く、揃いの毛糸で編まれた手袋はとても温かい。

コートにはライナーも付いているから、真冬の通勤でも寒くないだろう。…もっとも、真冬になればまた新しいコートが増えるのだろうが…。

「…ちゃんと、着たからな」

ぽつりと呟き、脱いだコートをスーツと一緒にクロゼットに吊るした。

放置しておけばいいのはわかっていたが、このくらいは自分でやりたい。手袋やマフラーも戸棚に仕舞い、キッチンに引き返す。

テーブルに用意された夕食のメインは、デミグラスソースの匂いが食欲をそそるビーフシチューだ。付け合わせの焼き野菜ごとオーブンで仕上げに温めたのか、深皿の中のシチューはぐつぐつと煮立っている。

朝、昼とご飯が続いたせいか、主食は胡桃《くるみ》入りの丸パンだ。添えられた瓶《びん》入りのバターは生クリームと間違えるほど柔らかくなめらかで、口の中で淡雪のように溶ける。

自家製ドレッシングのかけられたサラダに至るまで、雪加の好みから外れたものは一つも無い。

好物ばかりなのに何故か喉《のど》に詰まって、食べ終えるのに一時間近くかかってしまった。点《つ》けられていたテレビで流れるクイズ番組も、子どもの頃からずっと見てきたものにもかかわらず、あまり面白く感じない。お笑い芸人の笑い声が、奇妙に頭に響く。

どうにか皿を空にし、雪加はふらふらと立ち上がった。急に寒くなってきたせいで、体調を崩しかけているのかもしれない。こういう時には風呂で温まり、さっさと眠るに限る。

追《お》い炊《だ》き機能の無い浴室のバスタブには、ちょうど良い温度の湯が張られ、馥郁《ふくいく》たる花の香りを放つ入浴剤で白く濁《にご》っていた。

湯に浸かる前に髪と身体を洗う。昨夜《ゆうべ》、残り少なかったボディーソープは新しいものに交換されていた。

フランス語のパッケージが読めないので、何の香りかはわからないが、おそらく何かの花の香りだろう。雪加と違って、花の匂いが好きだから…。

ゆっくり湯を使ってから上がり、脱衣所に用意されていた白いシルクのパジャマを着る。胸ポケットには青い糸で愛らしい小鳥の刺繍《ししゅう》が施され、レディースと言っても通りそうだ。

雪加の趣味ではないし、別にスウェットのまま寝ても構わないのだが、そういうわけにはいかないらしい。スウェットを脱いでおいたはずのランドリーバスケットは、空っぽだ。下着までなくなっている始末なのだから。

歯を磨いた後は冷蔵庫の中の麦茶で喉を潤《うるお》し、いつもより早くベッドに入る。眠りに落ちるまでの一時間ほど、ベッドの中で読書に耽《ふけ》るのが雪加の日課だ。物語の世界に浸っている間は、現実の憂さを忘れてくつろげる。

今日のお供は何にしようか。

サイドランプを点《とも》した手が、ぴたりと止まった。サイドボードに積まれた本の一番上に、今朝、書店のポスターで見かけたミステリ作家の新刊が置かれていたのだ。

発売日は一週間も後のはずなのに、そろそろと表紙をめくってみると、中扉に著者のサインが入っていた。ご丁寧にも『桐島雪加さんへ』と宛名書き付きだ。

特徴的なその筆跡は、以前ネットで見たことがある。間違い無く本物だ。この作家は大のサイン嫌いで、滅多《めった》にサインをしないことでも知られているのだが…。

もしもその時、枕元のスマートフォンが鳴らなかったら、あれほど楽しみにしていた新刊を床に叩き付けていたかもしれない。

震える指先で液晶画面をタップすれば、雪加が時たま利用するショッピングサイトからのメールだった。以前の利用履歴から、お勧めの商品を案内するものだ。

心を落ち着かせるため、普段なら開きもせず削除してしまうそれに、一通り目を通す。

ほとんどは興味の無い商品だったが、一つだけ、雪加の好きなブランドのキーケースには目を引かれた。今使っているものが少しくたびれてきたので、新しくするかどうか考えていたところだったのだ。この程度の値段なら、雪加が買っても問題は無い。

少し迷ったものの、購入はせずにメールアプリを閉じた。ベッドに仰向《あおむ》けで横たわり、サイドランプのほのかな灯《あか》りの下、少し表紙のひしゃげてしまった新刊を開く。

今朝、書店のポスターを見かけた時の興奮は消え失せていた。無視するわけにはいかない、という義務感から読み始めたのだが、さすがに売れっ子作家だけあって文句無しに面白く、みるまに物語の世界に引き込まれる。しかし、やはり身体は疲れていたのか、百ページを過ぎる頃には眠気に襲われてしまう。

……せめてあと十ページ、いや、五ページだけでも……。

必死に逆らうものの、押し寄せる睡魔には勝てず、泥のような眠りに引きずり込まれていく雪加を、あえかな梔子の香りが包んだ。

「……おやすみ」

翌日も昨日の繰り返しだ。目を覚まし、好物ばかりの朝食を食べ、用意されていたスーツで身支度を整える。

ささやかな変化が起きたのは、いつも通りの時間、部屋を出ようとした時だった。スマートフォンにメッセージが届いたのだ。

雪加に友人は居ない。またショッピングサイトからだろうかと思ったら、弟の聡志《さとし》からだった。

雪加の両親は、雪加が小学生の頃に離婚してしまった。雪加を引き取った父は間も無く再婚し、継母《ままはは》との間に雪加とは十歳違いの弟をもうけたのである。

溺愛《できあい》されて育ったおかげか、難しい年頃にもかかわらず、聡志と両親との仲は良好だ。今日も学校の創立記念日を利用し、家族旅行に出ているらしい。

『兄ちゃん、元気？　俺、父さんと母さんと一緒に熱海に来てるよ』

メッセージと一緒に表示された写真には、駅前の足湯ではしゃぐ聡志の姿が写されていた。同行した父が撮ってやったのだろう。

弟の隣で足湯を使う継母は、雪加には絶対に見せない慈愛に満ちた笑みをカメラに向けている。さも、息子が愛《いと》おしくてたまらないというような。父もまた、同じ表情をしているはずだ。

『明日は土曜日だから、会社はお休みでしょ。兄ちゃんもこっちに来て、温泉入ろうよ』

再び届いたメッセージには、今夜宿泊するという旅館の写真が添えられていた。全室に専用露天風呂が付き、海を一望出来る大浴場が売りの高級旅館である。旅に出られない雪加すら、名前だけは知っていた。

聡志の誕生日が近いので、祝いも兼ねて両親が奮発したようだ。実家を出る前の雪加は、家族旅行は勿論《もちろん》、誕生日のプレゼントすらもらった記憶は無いのだが…。

「…っ…う、…あ…」

誘われるがまま訪ねても、きっと邪魔は入らない。聡志は笑顔で歓迎してくれるだろう。継母と父も、表立って文句は言わない。

だがそれは、久しぶりに兄に会えて、可愛い息子が喜んでいるからだ。心の中では、どうして家族水入らずの旅行を邪魔するのかと、雪加に罵声《ばせい》を浴びせるに違いない。一度たりとも、雪加が彼らの家族だと認められたことは無いのだから。

あの冷たい家で、雪加を受け容れてくれたのは、半分血の繋がった弟だけだった。

そして――必要だと、愛しいと言ってくれたのは…。

「だ…い、…じょうぶ…、大丈夫、僕は…、僕はまだ、大丈夫…」

今にも肌を突き破りそうな悪寒《おかん》を抑え込みながら、己に言い聞かせる。

……思い出しちゃ駄目だ。

壊れ物を扱うように、愛おしそうに触れる大きな掌《てのひら》なんて。やんわりと、だが逃さないとばかりに抱きすくめる力強い腕なんて。震える身体を包み込む、熱いくらいの温もりなんて。

「…僕は…、違う。あの頃の、僕じゃない」

血の繋がらない継母や父の機嫌をいつもびくびくと窺い、布団の中でこっそり泣いていた雪加はもう居ない。今の自分はきちんとした職に就《つ》き、誰にも脅《おびや》かされない平穏な暮らしを手に入れたのだ。

……そう、誰にも……。

「僕…、は…、大丈夫、…大丈夫…」

スマートフォンをジャケットに仕舞い、通勤鞄を持ち上げようとする。

だが、がたがたと震える指先は取っ手を滑《すべ》り、弾《はず》みで倒れた鞄の中身がぶちまけられた。ファスナーをうっかり閉め忘れていたようだ。

コードバンの長財布。揃いのコインケースとパスケース。最新式のミュージックプレイヤーにタブレット。糊《のり》の効いたハンカチ。

雪加の好みに合わせた、…けれど何一つとして雪加が購入した覚えの無い高級品。

「…ち…、がう、…違う…、僕は…」

救いを求め、雪加は周囲を見回した。

けれど好物ばかりが並ぶテーブルも、手入れの行き届いたスーツが収納されたクロゼットも、寝心地の良いベッドも、オーダーメイドの家具も、雪加の救いにはならない。全て、雪加自身が手に入れたものではないのだから。

——そう。ふとした瞬間に漂う、梔子の香りすら。

「…会社…、行かなきゃ…」

こみ上げた怖気《おぞけ》を噛み殺し、雪加は散らばった鞄の中身を拾い集めた。仕事に没頭《ぼっとう》していれば、余計なことを考えずに済む。…あいつが、現れる心配も無い。

「……？」

キーケースを拾おうとして、雪加はぎくりと頬を強張《こわば》らせた。くたびれていたはずのそれが、真新しいものに交換されている。

どこかで見たような——その理由に思い当たった瞬間、全身から血の気《け》が引く音を、雪加は確かに聞いた。

覚えがあるのは当たり前だ。昨夜、ベッドに入る前、ショッピングサイトからのメールで見たばかりなのだから…。

何を今更、と必死に思い込もうとした。

全てを把握され、支配されていることなど、わかりきっていたではないか。

今この瞬間さえ、あいつには見張られているのだ。慈悲深く粘《ねば》っこい眼差しを絡み付かせながら、可哀想に、泣かないでと呟いているかもしれない。

帰宅したら、雪加を慰めるため、いつにも増して豪華な夕食が用意され、部屋のあちこちに贈り物が配置されているのだろう。何一つとして、雪加は拒《こば》めない。許されない。

与えられる全てを享受《きょうじゅ》すること。それが雪加に課された、唯一の条件だ。今の平穏な暮らしを失いたくなければ、守るしかない。

「…平穏…？」

反吐《へど》が出そうになった。これのどこが、平穏な暮らしだというのだ。

いつでもあいつの気配に怯《おび》え、あいつに買い与えられたものだけに囲まれ…快適だが何も思い通りにならない。こんな日々の、一体どこが。

床に放りっぱなしにしたスマートフォンには、聡志からのメッセージがひっきりなしに届いている。今日はこれからレンタカーを借り、観光名所を巡《めぐ》るらしい。

聡志も父も継母も、写真の中で幸せそうに笑っている。

そこに雪加の居場所は無い。雪加が居てもいいのは、生温かい蜜《みつ》に首元までどっぷり漬け込まれるような、この部屋だけだ。

……本当に欲しいものは、いつだって雪加の手をすり抜けていく。

そうして、残るのは。

『…ねえ雪加。俺はお前を、壊したくなんてないんだ』

雪加を捕らえ、放してくれないのは。

『ただ、誰にも何にも傷付けさせないで、大切にしたいだけなんだよ』

――どうして、わかってくれないの――?

記憶の底にこびりついた黒い瞳が狂おしげに揺れるのと、ぷつり、と何かが切れる音が聞こえたのは同時だった。

スマートフォンと財布だけを引っ掴み、蹴《け》り開けた玄関から飛び出す。

かなりの騒音が響いたはずなのに、アパートの住人たちは一人も顔を覗かせない。あいつ以外、雪加が泣こうと叫ぼうと誰も関心を示さない。

あの頃と、同じように。

「は…っ、…はは…っ、は……」

外階段を一段飛ばしで駆け下り、走っているうちに笑いの衝動がせり上がってくる。

胸の内ではどす黒い感情が渦巻《うずま》いているのに、あいつに聞かれないよう、この期《ご》に及んで口に蓋《ふた》をする自分がおかしくてたまらなかった。部屋を逃げ出した時点で、雪加は条件を違《たが》えてしまっているのに。

だが、それで良かったのだろう。

笑いながら疾走《しっそう》する雪加に、通行人たちの訝《いぶか》しげな視線がぐさぐさと突き刺さる。この上泣き喚いたりしたら、警察に通報されるのは確実だ。

今はまだ、捕まりたくない。警察にも…あいつにも。

「…はぁっ、は…っ、はあっ…」

普段ろくに運動をしない身体は、十分も走り続ければ容易く限界を訴えた。がくん、と意に反して膝が沈み、雪加はずるずるとその場にしゃがみ込む。

息が整うのを待つのももどかしく、猫に追われたネズミのように周囲を見渡した。

真っ先に確認するのは、ここがどこなのか…ではなく、通り過ぎる人々だ。あいつがどこから見ていれば、必ず気付ける自信がある。

「……居な、い……」

行き交うのは通勤途中のサラリーマンばかりで、一度目にしたなら決して忘れられないあの姿はどこにも無かった。

詰めていた息を吐き出すと、少しだけ余裕も湧いてくる。

雪加は傍にあった自販機を支えに起き上がり、人の波に混じった。会社と自宅の往復しかしてこなかったせいで、情けないことに自分が今どの辺りに居るのかすら見当がつかないのだが、サラリーマンの後をつければどこかしらの駅に行き当たるはずだと踏んだのだ。

スマートフォンのマップアプリを使う、僅かな時間すら惜しい。絶えず動き続けなければたちまち捕まってしまう気がしてならない。

幸い、雪加の予想は的中した。しばらく歩くと、私鉄の駅に辿り着いたのだ。雪加が通勤に使うＪＲの駅よりかなり小さく、利用客も少ない。

雪加は券売機で一番高い切符を購入し、下り方面のホームに向かった。折よく到着した電車の先頭車両に乗り込み、真ん中辺りの吊革に摑まる。

座席はちらほら空いていたけれど、座るつもりは無い。いつでも身軽に動けるようにしておきたかった。あいつの姿は今のところ見付からないが、いつ現れても不思議ではないのだ。

……もしもあいつが乗り込んできたら、後ろの車両まで走って…どこかの駅に着いたら、人込みに紛《まぎ》れて……。

雪加が脳内で幾通りもの逃走手段をひねり出す間に、電車は都心のビル群を通り過ぎていった。あと三駅で終点というところで下車し、雪加は見知らぬ駅に降り立つ。

同じ電車に留まらず、路線を変え続けた方が追手を攪乱《かくらん》出来るはずだと思い付いたのだ。ホームを移動し、都心とは逆方面行きの電車に乗り換える。

それを何度も繰り返す間も、雪加は警戒を怠《おこた》らなかった。常にドアのすぐ側《そば》に立ち、周囲に目を光らせる。

途中の駅では一旦改札を出て、スマートフォンをコインロッカーに預けた。妙なアプリでも仕込まれ、現在位置を特定されるのを恐れてのことだ。

この状況でスマートフォンを失うのは痛いが、背に腹は代えられない。ＩＣカードや、クレジットカードの類《たぐい》も使用を控《ひか》えるべきだろう。頼れるのは現金だけだ。

都心から離れるにつれ、車両の編成は短くなり、乗り降りする乗客もずいぶん減っていった。だが気を緩《ゆる》めてはいけないのだ。たとえ、電車の走行中であっても。あいつの手は、どこからだって伸びてくる。

……どうして、僕は逃げてばっかりなんだろう？

すぐ傍の車窓には流れゆく景色と、大きな目を不安げにぎょろつかせた雪加の顔が映し出されている。まるで幽霊だ。ついさっき乗り込んできた赤子連れの母親が、雪加を目撃するや、ぎょっとして他の車両に逃げ出したのも無理は無い。

……家族から逃げて、家からも逃げて、あいつからも逃げて…逃げて、逃げ続けて……。

一体、いつになったら逃げずに済むようになるのだろう。車窓の外には青空の下、どこまでも広い世界が広がっているのに、安心して暮らせる場所が見付かるとは思えなかった。

捕らわれる恐怖に怯えずに暮らせたのは、皮肉にもあそこだけだ。指一本動かさずとも、何もかもが思い通りになる、あの部屋……あの、箱庭……。

——いっそ、今からでも戻ってしまえば…そうすれば、楽になれる。

ふいに伸びてきた誘惑の手を、雪加はすんでのところで振り払った。

条件を違えた雪加を、あいつは絶対に許さない。あんな地獄を二度と味わいたくなければ、逃げ続けるしかないのだ。

この一年、小銭を使う必要すら無い生活だったから、財布の中にはかなりの金額が入ったままだ。元はあいつの金だと思うと複雑だが、これだけあればしばらくはホテル暮らしでも困らないだろう。

職種を選ばなければ、何かしら仕事も見付かるはずだ。職場が決まったら、安いアパートでも探せばいい。

前の職場については、心配は無用だろう。雪加が突然出社しなくなっても、あの部長が…あるいはもっと上の立場の人間が、どうとでも処理するはずだ。

元より雪加など、あの会社には必要無い人間だった。ただ雪加が望んだから、あいつがねじ込んだだけ。

「――、終点です。お客様はお忘れ物の無いよう、ご注意下さい」

車内アナウンスが流れた直後、電車は大きく揺れながら停止した。

開いたドアからふらふらと降りたとたん、強い潮の匂いを含んだ風が吹き抜け、雪加の髪をなぶる。

ホームにあった地図を確認すると、どうやら隣県を通過し、更に隣の県まで移動してきてしまったようだった。ここは在来線の駅で、数分も歩けば海に出られるらしい。

近場には温泉街もあるが、観光シーズンから外れた今は閑散《かんさん》として、雪加以外の乗客の姿はほとんど無かった。勿論、あいつの姿も。

なのに……。

「…っ…!?」

ふわりと鼻先をかすめた梔子の匂いが、安堵しかけた雪加の心を引き裂いた。

何度も執拗《しつよう》に鼻をこすり、鼻腔《びこう》をうごめかせる。尾行されていないかどうか、常に神経を張り巡らせていた。アパートの部屋ならともかく、この開けた場所で、梔子の匂いがするわけがない。

だが、気のせいだと思い込もうとするたび、潮の匂いに特徴的なあの花の香りが混じるのだ。

『——ねえ、雪加』

一年近く経ってもなお鮮明な記憶の中、泥のような闇を纏い、あいつが微笑む。

『忘れないで。俺はいつだって…どこに居たって、お前を』

……あるわけない。いくらあいつだって、こんなところまで追いかけてくるもんか！

追跡者の姿は何度も確認した。スマートフォンだって途中で捨てた。普通の人間なら、絶対に追い付けないはずだ。

しかし、理性とは裏腹に、身体は勝手に動き出す。見えない手に急《せ》き立てられるかのように、雪加はホームの階段を駆け下りた。

初めて見る無人改札をくぐり、さびれた街並を通り抜ける。

じょじょに強くなっていく潮の匂いが、僅かな安心をもたらした。これなら、梔子の匂いなどかき消されてしまうだろう。

ホームで見た地図の通り、しばらくすると海岸線に辿り着いた。防波堤《ぼうはてい》にはところどころに階段が設《もう》けられ、誰でも自由に砂浜に出られるようになっている。

……ここなら、誰かが近付いてくればすぐにわかる。

雪加は息を吐き、防波堤の階段を下りた。海水浴シーズンがとうに終わった砂浜には人影も無く、時折、海岸沿いの道路を車が走り抜けるくらいだ。

波の音に誘われ、雪加は波打ち際まで進み出た。寄せては返す波に革靴を濡らされても、まるで気にならない。

太陽の光に照らされ、きらきらと輝く水平線の彼方《かなた》に、雪加はただ見入っていた。

……あそこに行けば、全ての苦しみから解放されるんだろうか。

熱海を旅行中の聡志も今頃、こうして海を眺めているのかもしれない。

だが、兄の自分とは大違いだ。弟の傍にはいつだって優しい父と母が居て、弟が靴先でも濡らそうものなら、風邪を引いてしまうと即座に水際から引き離されるだろう。

だが雪加が溺死体《できしたい》になって発見されたとしても、父と継母は面倒だと思いこそすれ、悲しまないに決まっている。…むしろ、異分子が消えて喜ぶだろうか。

――一歩。

踏み出してしまえば、もう自分では止められなかった。

一歩、また一歩。

進むごとに海水を吸収し、重さを増す革靴とは反対に、雪加の心は浮き立っていく。青く染まった大海原。あそこなら、誰も追いかけて来られない。囚われ、生温かい蜜に沈められる恐怖に、二度と怯えずに済むのだ。

……自由に、なりたい。

すでに雪加の脚は、腰まで海水に浸かっている。波の音が、おいでおいでと囁いている。聞いたことが無いくらい、甘く優しい声で。

期待に胸を震わせ、もう一歩進もうとした時だった。湿ったスーツの肩を、背後からがしりと摑まれたのは。

ひゅっと息を呑む音が、やけに大きく響いた。布越しに指がぎりぎり食い込み、雪加は苦痛に喘《あえ》ぐ。

「…、…っ、……」

色鮮《あざ》やかだった海原が、灰色に染まっていく。波音は途絶え、潮の匂いも消え失せる。代わりに漂うのは、梔子の香りだ。もはや、気のせいなどとごまかせないほど強く…纏わり付くように。

「ふ…っ、ぁ…、…も、嫌だ、嫌だぁっ…」

みっともなくしゃくり上げながら、許してと何度も懇願《こんがん》した。

見逃して欲しい。放っておいて欲しい。振り向きたくない。あの顔を見たくない。けれど、振り向かずにはいられない。

長い長い時間をかけ、雪加は背後を振り返った。もしも神様が居るのなら、どうか自分以外の全てを消し去って下さいと祈りながら。

――けれど、やはり神《いな》など居なかった。

一年前と同じ…否《いな》、いっそう妖《あや》しさと凄《すご》みを増した黒い双眸《そうぼう》が、雪加を恨みがましく見下ろしている。今にも雪加の薄い胸を貫《つらぬ》いてしまいそうな、物騒《ぶっそう》な輝きを宿して。

高価なオーダーメイドのスーツを惜しげも無く海水に晒《さら》し、強い海風になぶられてもなお秀麗な長身の男。

…雪加の支配者。

「……逃げないって言うから追わないでいたのに、どうして逃げたの…っ……」

ばしゃりと飛沫《しぶき》を上げ、斑目帷《まだらめとばり》は力の限り雪加を抱きすくめる。

ひときわ強い梔子の香りを嗅いだ瞬間、雪加は絶叫し、闇の底に意識を沈めた。


雪加《せっか》の両親は、雪加が小学校に入ってほど無く離婚した。互いに愛情を失い、浮気に走った

末の結論だったため、離婚自体はすんなり成立したのだが、一つだけ大きな問題があった。雪加の存在だ。

父も母も、離婚後すぐに浮気相手と再婚することが決まっていた。新しい家庭に別れた相手との子どもを連れ込みたくなかった二人は、互いに雪加を押し付け合ったのだ。

さんざん揉《も》めた末、雪加を引き取るはめになったのは父だった。

だが、継母《ままはは》となった父の再婚相手は、あからさまに雪加を嫌い、突き放した。父もそんな継母を咎《とが》めず、身体的な虐待《ぎゃくたい》こそ加えられなかったものの、愛情はまるで与えられずに育ったのだ。

父と継母の愛情は、雪加が十歳の頃に生まれた弟の聡志《さとし》だけのものだった。

素直な聡志は雪加を兄と慕《した》い、しょっちゅう纏《まと》わりついてきたが、雪加にしてみれば嬉しさ半分、迷惑半分だ。一緒に居る間、弟が少しでも機嫌を損《そこ》ねたり、泣いたりしようものなら、後で父と継母にこっぴどく叱られてしまうのだから。

雪加が異様に人の顔色を窺うようになったのは、そういういびつな環境で育ったせいだろう。子どもの世界はとても狭い。あの頃の雪加は、世界で一番不幸だと思い込んでいた。それ以上の地獄が存在するなど知らない、無邪気で愚《おろ》かな子どもだったのだ。両親に愛され、屈託《くったく》無く笑う学校の同級生たちが羨《うらや》ましくてたまらなくて、愛されない自分に強い劣等感を抱かずにはいられなかった。

だが、小学六年生に上がり、クラス替えのあったある日、雪加は新しいクラスで見付けたのだ。自分よりも不幸な人間――斑目帷《まだらめとばり》を。

帷は同じ歳とは信じられないほど大人びた、精緻《せいち》な人形のように秀麗な顔立ちの少年だった。長い睫毛《まつげ》に縁取《ふちど》られた瞳は、ただぼんやりと窓の外を眺めているだけで妖しい憂《うれ》いを帯び、見る者の胸を騒がせるのだ。

どういうわけか、新しいクラスメイトたちは帷を遠巻きにしていた。帷があまりに綺麗だから…ではない。帷の父親は指定暴力団樋代《ひしろ》組の組長で、母親はその愛人だという。しかも花柳界《かりゅうかい》では有名な芸妓《げいぎ》なのだそうだ。

父親の組長には正妻と、その間に生まれた二人の息子――帷の異母兄《いぼけい》たちが居る。彼らは妾《しょう》腹《ふく》の帷を疎《うと》み、母親の正妻と一緒になって虐待しているそうだ。異母兄たちが私立の名門校に通い、帷だけが公立校に通わされているのも、正妻の意向らしい。

異母兄たちは帷がその母親と暮らす別宅を訪れては、小突《こづ》き回して帰るという。帷が常に長《なが》袖《そで》を着用するのは、彼らに刻まれた傷跡や痣《あざ》を隠すためなのだ。

斑目ってどういう奴なの、と尋ねるだけで、隣の席になったクラスメイトはすらすらと教えてくれた。

べつだん彼が情報通というわけではなく、同じ学年では周知の事実だったのだが。たまたま、雪加は父親の仕事の都合で転校してきたばかりだったため、今まで知らなかっただけで。

万が一、異母兄たちの標的にされてはたまらないから、クラスメイトたちは帷に近付こうとしないのだ。彼らの保護者たちも、帷には可能な限り関わらないよう言い聞かせているらしい。

……まるで、僕みたいだな。

帷の事情を知った時、雪加が抱いたのは恐怖ではなく、共感だった。

父親に別の家庭があって、そちらの家族からは邪魔者扱いされている。雪加が愛人の子ではないことを除けば、帷と自分はとてもよく似ていた。

……でもきっと、帷の方が不幸だ。

だって雪加は両親に愛されてはいないが、皆から爪《つま》はじきにされるヤクザの子ではない。雪加にはクラスに友人も居るが、帷はいつだって一人だ。皆、きっと雪加より帷の方が可哀想だと言うに決まっている。

『…なあ、斑目…だっけ。誰も組む奴が居ないんなら、僕と組まないか？』

妙な優越感に支配された雪加は、ある日の授業で二人組を作ることになった時、ぽつんと取り残されていた帷にそう申し出た。誰も帷と組みたがらないので、最後には教師が帷と組むのがいつもの流れだったのだ。

『……俺、と？』

帷は目を丸くし、まじまじと雪加を見上げた。雪加という存在が帷に認識されたのは、この時が初めてだっただろう。

『うん。…駄目？』

『…駄目じゃない、けど…』

顔を曇《くも》らせた帷は、きっと自分がクラスの異分子だと理解した上で、雪加を気遣ったに違いない。

心配なんてしなくていいのに。雪加が帷に近付いたのは、帷が雪加よりも不幸な子だからなのだ。

『だったら、いいだろ。一緒に行こう』

雪加が差し出した手を、帷は信じられないとばかりに震えながら取った。温度の無い人形みたいな外見に反し、帷の手はひどく熱かったのを今でも覚えている。

――その日から、雪加と帷の距離は急速に縮まっていった。

最初は自分よりも不幸な帷を傍《そば》に置き、優越感に浸《ひた》りたいだけの雪加だったが、じっくり付き合ってみれば、父親がヤクザというだけで、帷はごく普通の子どもだったのだ。

普通にアニメを見るし、流行のゲームだってやるし、漫画も読む。皆より口数が少なく物静かで、時々こちらが気恥ずかしくなるくらいじっと見詰めてくる癖はどうにかして欲しかったけれど、一緒に遊んでいる間は両親に愛されない鬱屈《うっくつ》も忘れていられる。

いつしか神楽坂《かぐらざか》にある帷の自宅に入《い》り浸《びた》るようになっていったのは、ちょうどその頃、雪加を父に押し付けて再婚した母が癌《がん》で亡くなったせいもあるだろう。

離婚までして結ばれた新しい夫、かつての浮気相手はかなりの資産家だったそうだが、再婚して数ヵ月もせずに事故に遭《あ》い、不慮《ふりょ》の死を遂《と》げたという。愛された記憶の無い母とはいえ、看取る者も居ない寂しい最期《さいご》だったと聞かされては、たった一人の息子として消沈《しょうちん》せずにはいられなかったのだ。

初めて帷の邸《やしき》に招かれた時は、ここが暴力団の組長の別宅かと怖気《おじけ》づいたものだが、恐怖などすぐにどこかへ消えてしまった。こぢんまりとした趣味の良い一戸建てには、最新のゲーム機器や漫画などが山ほど揃っていたのだ。冷蔵庫は常に高級店の菓子やジュースがぎっしり詰められていて、空っぽになっても翌日には補充される。

学校が終わり、今日もうちに来ないかと帷に誘われれば、一も二も無く頷いた。どうせ家に帰っても、一人で宿題をやるか、弟の面倒を見させられるだけなのだから。

継母は雪加を余所者《よそもの》扱いするくせに、シッター代を浮かせたいからと、一人で外出する時には雪加に聡志を任せるのが常だった。聡志が雪加を慕うのはそのせいだろう。

弟は可愛いし、好かれれば嬉しいけれど、元気の有り余った幼子《おさなご》からは一瞬も目が離せず、ブランドショップの紙袋を大量に抱えた継母がやっと帰る頃には疲れ果ててしまうのだ。紙袋の中身の半分は継母の、残り半分は弟のための衣服や小物で、何時間も子守をさせられていた雪加への土産は一度も買って来ず、お礼の言葉すらもらったことは無い。

別宅には帷の母親、志鶴《しづる》も同居しているのだが、雪加は一度も顔を合わせなかった。現役の売れっ子芸妓である志鶴はお座敷に稽古にと多忙な日々を送っており、帰るのは決まって真夜中なのだという。

写真を見せてもらったことがあるが、帷によく似た面差《おもざ》しの、艶《つや》めいた美しい女性だった。帷の父親に見初《みそ》められたのも頷ける。

たっぷりと小遣いを与えられ、何不自由の無い暮らしをしていても、家政婦に整えられた広い家で、帷は一人きりだった。雪加が打算まみれで接近する前の教室と、同じように。季節外れの長袖の下に小さな傷や痣を作っていても、母親は決して気付いてくれない。

…ちくんと雪加の胸に突き刺さった、小さな棘《とげ》。

その正体が罪悪感だと理解したのは、別宅を訪れるようになって二月《ふたつき》ほど過ぎた頃だった。

いつものように帷と格闘ゲームの対戦をしていたら、インターホンが鳴ったのだ。別宅に雪加や留守を任された家政婦以外の誰かがやって来たのは、初めてだった。

『……雪加、ここに隠れてて』

雪加の分のコントローラーを素早く隠すと、帷は雪加を半《なか》ば無理矢理ウォークインクロゼットの中に押し込めた。滅多《めった》なことでは表情を崩さない秀麗な顔が、僅《わず》かに強張《こわば》っている。

嫌な予感を覚えた直後、玄関のドアが乱暴に開かれる音がした。どうやら来訪者は、鍵を持っていたようだ。

ということは、もしや帷の父親…暴力団の組長が訪ねてきたのかと雪加は身構えたが、僅かな隙間から目を凝《こ》らすと、現れたのは中学生くらいの二人組だった。狡賢《ずるがしこ》そうな顔立ちがよく似ているから、兄弟かもしれない。

……兄弟って、もしかして……！

『へへ…っ、帷。相変わらず一人で遊んでんのか。寂しい奴』

『俺たちは親父の後継者として毎日厳しく鍛《きた》えられてんのに、いい身分だよなあ』

にやにやと笑う二人の台詞《セリフ》で、雪加は確信した。やはりそうだ。あの二人は帷の異母兄弟…帷を蛇蝎《だかつ》の如く嫌っているという正妻の息子たちだろう。帷をいたぶり、鬱憤《うっぷん》を晴らすために来たに違いない。

『芸者の子のくせに、生意気なんだよっ！』

『ちょっと親父に気に入られてるからって、いい気になってるんじゃねえ！』

身勝手な理屈をこねながら、狡猾《こうかつ》にも衣服に隠れる場所ばかりを狙って殴り付ける異母兄たちに、帷は無抵抗だった。処刑される罪人のようにただ拳《こぶし》を握り締めて項垂《うなだ》れ、嵐が過ぎ去るのを待つだけだ。

……どうして、抵抗しないいんだよ⁉

目の前の暴力に対する恐怖が、苛立ちに取って代わられるまで、さほど時間はかからなかった。

確かに異母兄たちはその年にしては大柄だし、二対一では分《ぶ》が悪いだろう。だが帷はいつだったか、幼い頃から護身用に空手を習わされていると言っていた。

一度だけ稽古を見学に行ったことがあるが、一回り以上体格のいい高校生の練習相手をやすやすと打ち負かす光景を目の当《ま》たりにし、腰を抜かしそうになったものだ。

その気になれば、異母兄たちくらい簡単に撃退出来るはずなのだ。しかし帷は口答えすらせず、暴力に耐え続けている。

『…う…っ、うわあああああっ！』

声を張り上げながら、雪加はクロゼットの扉を蹴破《けやぶ》った。これ以上、帷が一方的に痛め付けられるのを黙って見過ごすなんて、耐えられそうになかった。

小柄な自分が、年上二人に敵《かな》わないのはわかっている。

でも何もせずにいたら、自分まで異母兄たちの同類に成り下がってしまいそうで嫌だった。そのくらいならいっそ、帷と一緒に叩きのめされた方がましだとさえ思えるほどに。

『な…っ、何だよこいつっ…』

無謀にも突進し、夢中で摑みかかってくる雪加に、異母兄たちは困惑しつつも殴り返そうとはしなかった。

後になって知ったのだが、暴力団が最も恐れるのは、一般人に手を出し、警察の介入《かいにゅう》を招くことだ。身内の帷ならともかく、一般人、それも未成年者の雪加に怪我をさせれば大問題に発展しかねない。

短慮《たんりょ》な異母兄たちも、その程度はわきまえていたのだろう。雪加を無言で引き剝がすと、不承不承引き上げていった。

『…雪加、どうして…』

帷が不思議そうに覗き込んできたとたん、緊張は解けた。雪加はいつの間にか涙と鼻水でぐちゃぐちゃになっていた顔をぐいっと袖で拭《ぬぐ》い、帷を睨みつける。

『それはこっちの台詞だろ！　お前、どうしてあんな奴らにやられっぱなしなんだよ⁉』

『……』

『あんな奴ら、お前なら簡単に追い払えるはずなのに…、どうしてっ…』

傍観者の雪加が恐怖と悔しさでしゃくり上げているのに、実際に暴力を受けていた帷はおろおろと雪加を見下ろしている。

これじゃあ逆じゃないかと、理不尽にも腹が立った。あんなに恐ろしい思いまでして加勢したのに、よけいなお世話だったとでもいうのだろうか。

半ば八つ当たりぎみに睨むと、帷は男にしては紅《あか》い唇を震わせた。

『……仕方が無いんだ。俺がやり返したら、母さんが奥様に意地悪をされるから』

今まで聞いたことの無い寂しさを孕《はら》んだ呟きに、雪加の涙は引っ込んだ。

はっとする雪加の前で、闇を凍らせたようだった帷の黒い瞳が溶け、透き通った雫《しずく》がぽろりと頬を伝い落ちていく。

『…母さんは、本当は俺を産みたくなかったんだって。子どもなんて、仕事の邪魔になるだけだから』

元々予想外の妊娠だったため、志鶴は迷わず堕胎《だたい》するつもりだったそうだ。芸の道を究《きわ》めたい志鶴にとって、手のかかる子どもなど足手まとい以外の何物でもなかったのである。

帷の父親である組長に懇願《こんがん》され、渋々帷を産んだものの、子育てに大切な時間を取られるなんてまっぴら。お願いだから私の邪魔だけはしないでちょうだい、と言い聞かされ、帷は父親が手配したベビーシッターに育てられたという。実の母親に抱かれた記憶は無い。

『俺は要《い》らない子だけど…でも、俺の傍に居てくれるのは、母さんだけだったから。母さんの迷惑には、なりたくなかったんだ』

『帷……』

羞恥《しゅうち》と自己嫌悪で死ねるものなら、雪加はその時、即死していただろう。

自分と同じような境遇で、自分より不幸だからと、帷にいびつな優越感を抱いていた己がたまらなく恥ずかしくて、どこかに消えてしまいたかった。夫の愛人の息子…まだ十二歳の少年に、奥様と呼ばせる正妻や異母兄たちが腹立たしくてならなかった。

同じであるわけがない。愛されなくても母親のために耐える帷と、自分より不幸な存在を見付けて喜んでいた雪加が。

母親を想う帷の心は、雪加とは比べ物にならないほど澄んでいる。

その心を、もうこれ以上曇らせたくない。傷付けたくない。許されるなら……傍で守ってやりたい。血の繋がった弟にすら抱《いだ》いたことの無かった感情が、雪加を満たしてゆく。

『…泣くなよ、帷。僕が付いてるから』

雪加はポケットの中でくしゃくしゃになっていたハンカチを取り出し、帷の濡れた頬を拭《ふ》いた。

涙に洗われた黒い瞳は壊れやすいガラス玉のようで、されるがままの帷をぎゅっと抱き締める。さもなくば、粉々に砕《くだ》けて消えてしまいそうで。

『お前は要らない子なんかじゃないよ。…だって僕は、お前と居ると楽しいし…こ、これからもずっと、一緒に居たいもん』

『…せ…、雪加…』

『またあいつらが来たら、次も僕が追い返してやるよ。母さんが居なくて寂しかったら、僕が傍に居てやる。…だから…、要らない子なんて言うなよ…』

ぐずる弟をあやす要領でぽんぽんと背中を叩いてやっているうちに、帷の嗚咽《おえつ》は少しずつ治まっていった。雪加の背中におずおずと腕を回し、きゅっと縋《すが》り付いてくる。クラスメイトの誰も知らないだろう幼い仕草に、胸をくすぐられる。

帷の涙が完全に止まったのは、三十分以上後だった。

『…なあ…、帷。僕を、お前の友達にしてくれる…?』

おずおずと申し出ると、帷は雪加の腕の中できょとんと目を見開いた。

『…いきなり、どうしたの？』

さんざん一緒に遊んでおいて、何を今更と思われるのは当たり前だ。

けれど雪加は、今までの自分が許せなかった。打算抜きに、帷の友達になりたかった。…己の汚い心を、明かす勇気は無かったが。

『き…っ、聞きたくなったんだから、しょうがないだろ。…で、どうなんだよ。友達にしてくれるの？　くれないの？』

照れ隠しに早口でまくしたてれば、握り締めていた拳をそっと帷の掌《てのひら》が包み込んだ。初めて話したあの日と同じ、熱いほどの温《ぬく》もりに、恐怖で強張《こわば》っていた指先が解かれてゆく。

『雪加はこんなに小さいのに、俺のために兄さんたちに立ち向かってくれた。…誰かに助けてもらったのは、生まれて初めてだった』

『あ……』

『この恩は、一生かけて返すよ。…ずっと、雪加の傍に居る』

怖いくらいまっすぐな眼差しに、心の奥まで射抜かれてしまいそうで、雪加は無意識に後ずさった。だが帷の手も黒い瞳も、雪加に絡《から》み付き、放してくれない。

『…い、一生とか、大げさだよ、お前』

『そうかな？』

『そうだよ。友達だったら、困ってる時に助けるのなんて当たり前だろ』

『……そう……、だね』

帷が笑顔で頷いてくれたので、雪加はほっとした。妙な圧迫感からも解放され、喜びが胸を満たす。

今日から、帷は正真正銘、雪加の友人になったのだ。たとえ家族にまるで顧《かえり》みられなくても、愛されなくても、帷さえ居てくれれば寂しくない。

雪加はそう信じていた。

……最後まで、帷が雪加を友人と呼ばなかったことなど、気付かなかったのだ。


帷と本当の意味で友人になってからというもの、雪加の時間は今までより遥かに早く過ぎ去っていった。中学、高校と雪加は帷と同じ学校に進学し、大学受験を迎える。

父親は雪加に関心が無いものの、世間体《せけんてい》はひどく気にする性質《たち》だったため、最低限の学費などはきちんと出してくれた。おかげで雪加は高校卒業後、都内の大学に進学出来たのだ。…帷も一緒に。

成長するにつれ、美貌《びぼう》と知能に磨《みが》きがかかる一方の帷なら、もっと上のランクの国立大学でも楽々と入れるはずなのに、わざわざ雪加と同じ大学を選んだのだ。

『……ずっと雪加の傍に居るって、約束したからね』

もっといい大学に行けば良かったのに、と呆れる雪加に、帷は真顔で断言した。その瞳は高校に入った頃から一段と深みを増し、ともすれば呑み込まれてしまいそうだ。

大学生の間も、ずっと帷と一緒に居られる。

嬉しさと同時に湧いて来た、得体の知れない不安——それは、後になって思えば、帷の本性を嗅《か》ぎ取っていたせいかもしれない。

大学生活そのものは順調だった。雪加は大学入学をきっかけに一人暮らしを始め、帷もあの別宅を出たので、会うのにますます遠慮が要《い》らなくなったのだ。

雪加の部屋は大学で紹介された狭いワンルームだったが、帷が引っ越したのは都内の一等地にある高級マンションだ。

父親の組長に買い与えられたのではなく、自分で稼《かせ》いだ金で買ったのだと聞かされた時にはひどく驚いた。当時まだ珍しかった仮想通貨《かそうつうか》の取引で巨額の資産を得、価値が暴落《ぼうらく》する前に売り抜けたというが、懇切丁寧《こんせつていねい》に儲《もう》けの仕組みを説明されても、雪加には半分以上理解出来なかった。

わかったのはかなり危うい綱渡《つなわた》りだということと、そんな手段で利益を出せるのはごく限られた一握りの人間くらいだろうということ程度だ。

帷はもはや、異母兄たちの暴力を甘んじて受けていた少年ではない。雪加より頭一つ以上高くなった長身と、一見細身だが鍛え上げられた肉体、そして母親譲《ゆず》りの艶《つや》めいた面《おもて》で数多《あまた》の人間を惹き付け、跪《ひざまず》かせる美しい青年に成長していた。

あの異母兄たちとはあれ以来会っていないが、きっと帷の足元にも及ばないだろう。帷の父親は、帷の才能を見込み、己の盃《さかずき》を受けて欲しがっているという。正妻の産んだ息子たちを差し置いて。

父親の後を継ぐべく教育された彼らにとって、これ以上の屈辱はあるまい。おそらく雪加の知らないところで嫌がらせに及んでいるはずだが、帷は一切悟《さと》らせなかった。

『——父さんの盃を、受けることにしたよ』

だから翌年に大学卒業を控え、就職活動に勤《いそ》しんでいたある日、帷にそう告白された時には耳がおかしくなったのかと疑ったものだ。

雪加は帷に、己の家庭の事情を打ち明けていた。そして似た境遇の者同士、平凡ながらも平穏な暮らしを築こうと約束したのだ。

表向きは父親の組…樋代組が経営するフロント企業の役員に就任するというが、組長直々《じきじき》の盃を受ける以上、暴力団の構成員になることに変わりは無い。

そうなれば、平穏な暮らしなど夢のまた夢だ。同じ世界に飛び込んできた帷に異母兄たちは容赦《ようしゃ》しないだろうし、正妻も黙ってはいないはずである。

『…冗談…、だよな？　帷…』

嘘だと言って欲しかった。ただ雪加をからかっただけなのだと。

だが帷は、無情にも首を振った。

『俺は本気だよ、雪加。…今まで、俺が雪加に嘘を吐《つ》いたことなんてあった？』

『無い…けど、でも…！　お前、平穏に生きていこうって約束したのに…』

『……ねえ、雪加』

すうっと眇《すが》められた黒い瞳に、雪加は心臓が凍り付きそうな恐怖を覚えた。本能的に逃げを打とうとした瞬間、長く力強い腕の中に閉じ込められる。

『雪加の言う通り、平穏な暮らしとやらを送ったとしても…まっとうな社会人なんかになったら、ずっと雪加と一緒には居られないでしょう？』

『…何…、言って…』

そんなの当たり前ではないか。今まで雪加はほとんどの時間を帷と分かち合ってきたが、それは学生だから可能だったことだ。

就職すれば、仕事が最優先である。雪加も帷も忙しさに追いかけられ、会える頻度は激減するだろう。

だが、まめに連絡を取り合うことは出来るし、落ち着いてくればまた遊べるようにもなる。

それで充分だと思っていたのは、雪加だけだったらしい。

『俺はね、雪加。ずうっと待っていたんだよ。お前が俺と永遠に一緒に居たいと言ってくれることを。そのための準備も整えていたんだ。…でもお前は、就職活動なんかを始めて…俺から、離れて行こうとした』

『と…っ、帷…っ…』

『約束したよね？　ずっと傍に居るって。俺は死んでも守るつもりだったのに……お前は約束を破るの？』

――帷が暴力団の組長の息子だなんて、何かの間違いだと思っていた。

だって帷はあの異母兄たちのような暴力性は欠片《かけら》も無く、いつでも穏やかで、名家の子息と言っても誰もが納得するほどの気品すら漂わせているのだ。

帷と一緒に居て、怖い目に遭ったことは一度も無い。守ってやりたいと願ったはずなのに、雪加の方が守られていた。

けれど、間違いだったのだ。今、帷の黒い瞳にちらつく光は、道理も正義も常識も力ずくでねじ伏せる、極道の男のものだったから。抗《あらが》いたいのなら、それ以上の力ではねのけるしかない。

『俺は絶対、お前の傍を離れないよ』

帷が傲然《ごうぜん》と宣告したその時、なりふり構わず逃げ去っていれば、雪加の未来は変わっていたのだろうか。いや、逃げても必ず捕まったはずだから、大差無かったかもしれない。

外見より逞《たくま》しい腕に抱き上げられ、車に乗せられて連れて行かれたのは、初めて訪れるマンションの最上階だった。帷がそれまで住んでいた部屋よりも更に広く、内装もどこか華やかで、高級ホテルのスイートルームのようだ。

『どう、気に入った？』

呆然とする雪加を抱き上げたまま、帷は愛《いと》おしげに頬を撫で上げてきた。

『気に…、入ったって…』

『ここはこれから、お前が死ぬまで暮らす家だから。何か希望があったら言って。可能な限り叶えるよ。……ああ、でも』

ずい、と互いの睫毛《まつげ》が触れ合うほど近くに顔を寄せられ、雪加は悲鳴を漏らしそうになった。誰よりも長い時を共有し、無二の親友だと信じていた男が、同じ姿をした恐ろしい化け物に見える。

『外に出たいってお願いだけは、聞いてあげられないよ。……わかってるよね？』

『…い…っ、や、…帷…っ！』

ひときわ強く立ちのぼる梔子《くちなし》の香りは、帷が欲望に支配されかけている証《あかし》だった。

専門の調香師《ちょうこうし》にわざわざオーダーし、大学に入った頃から纏《まと》い始めたその香りはどちらかと言えば女性的だが、帷の体温に混ざると、不思議と官能的になる。まさかこの香りに、恐怖を煽《あお》られる日が来るなんて。

『…やめろ…っ、放せ…！』

雪加はじたばたともがいたが、帷は小揺るぎもしなかった。広い室内を迷わず横切り、寝室のドアを蹴り開ける。

真ん中に置かれた巨大なベッドの白いシーツが、真上から降り注ぐ太陽の光に輝いていた。寝室の天井は中央部分が四角く切り抜かれ、透明なガラスが嵌《は》め込まれていたのだ。

『…雪加…』

さんさんと差し込む陽光の下、帷は雪加を寝台に優しく押し倒し、一枚ずつ衣服を剝《は》いでいった。…おそらくは、この部屋の中では何もかも帷の望むままになるのだと、思い知らせるために。

『馬鹿…っ、放せ！　放せぇぇえっ！』

実際、どれだけ死に物狂いで足掻《あが》いても、のしかかる帷はびくともしなかった。全ての服を脱がされ、生まれたままの姿を晒《さら》した時には、雪加の方が疲れ果てていたほどだ。

『…やっぱり、雪加はどこもかしこも小さくて、可愛い。甘くて美味《おい》しそうだって、ずっと思ってた』

『っ……』

縮こまった股間のものをつんと突かれ、雪加は羞恥《しゅうち》に頬を染めた。

しょっちゅう互いの家を行き来していたから、裸を晒したのはこれが初めてではないが、今まで帷が色めいた空気を滲《にじ》ませたことなど無かった。…まさか、そんな目で見られていたとは。初心《うぶ》な反応にすらそそられるとばかりに、帷は熱い息を吐き出した。

『はぁ…っ…、雪加…』

『…ばっ…、馬鹿、何を…っ！』

反射的に蹴《け》り飛ばそうとした雪加の脚を容易く押さえ込み、帷は剝《む》き出しの股間に顔を埋《うず》めた。

震える肉茎《にくけい》が熱い口内《こうない》に包まれ、ぬるついた舌に搦《から》め捕《と》られる。

『やめろっ…、帷、やめてくれ……！』

――今なら、まだ引き返せるから。今やめてくれれば、友達に戻れるはずだから。

この期《ご》に及んで甘い考えを捨て切れない雪加を嘲笑《あざわら》うかのように、帷は根元まで含んだ肉茎を吸い上げる。

『ひぃ…っ、あ、あぁ…っ…』

口蓋《こうがい》と舌で挟み込み、擦《こす》り上げる愛撫の巧みさに、雪加の未熟なそれはなすすべも無く追い詰められていった。二十歳も過ぎたのに女性と交際したことすら無い雪加と帷とでは、経験値が違いすぎる。

中学校も半ばを過ぎると、蜜にたかる蝶《ちょう》のように、帷には数多の女性が群がりだした。それも、誰もが羨《うらや》む美少女や美女ばかり。

帷は来る者拒まずで彼女たちと付き合っては、数ヵ月ももたずに別れるのを繰り返していた。偶然、帷が女の子をこっぴどく振る現場に出くわしてしまい、相手の子に口汚く罵倒《ばとう》されたこともある。密かに好意を抱いていた子だったので、あんなに性格が悪かったのかと、よけいにショックだったものだ。

だからこそ、男の自分が欲望の対象にされるなど、想像もしなかったのに。

『あ…、…ぁあっ…、あー……っ！』

いかされまいと必死に堪える雪加を裏切り、身体は親友と信じていた男の舌で強制的に高められていく。

……いきたくない。いきたくなんて、ないのに…！

股間に食らい付いた帷の頭をとっさに引き剝がすよりも、絶頂に押し上げられる方が早かった。屈辱と羞恥に打ち震えながら、雪加は帷の艶やかな黒髪に指先を埋め、滾《たぎ》る熱を解き放つ。

ごくん……。

『う…、っ…、く…』

放ったものを迷わず嚥《えん》下《げ》する音、未だ肉茎に絡み付く舌の濡れた感触、みっともなく広げさせられた両脚を押さえ付ける腕の力強さ。全てが惨《みじ》めさに拍車をかけた。美味そうに肉茎を味わう帷を蹴り飛ばしてから、自分も消えてしまえたらいいのに。

『…や…、って…、言った…、のに…っ…』

しゃくり上げる雪加の喉を、名残惜《なごりお》しそうに肉茎を解放した帷が撫で上げる。ぞっとするくらい優しい手付きで。

『…友達だって信じてたのに、どうして裏切るんだって思ってる？』

恐怖に凍り付き、ろくに出ない声の代わりに、こんな時でさえ美しい顔を睨みつけた。喉から項《うなじ》へ、帷はゆるゆると手を滑らせる。

『違うよ、雪加。裏切ったのは…約束を破ったのは、お前の方だ』

『…な…っ？』

『ずっと一緒に居るって言ったのに…お前は俺から離れていこうとした。俺はただ、それを止めただけ。…ほら、悪いのはお前の方だろう？　それに…』

雪加の放った精液を啜《すす》り、濡れた唇が吊り上がる。滴《したた》るようななまめかしさに、雪加は無意識に喉を上下させた。

弄《もてあそ》ばれると承知で帷の遊び相手になった女性たちは、この色香に理性を失ってしまったのだろうか。一時でも帷を独占出来るのなら、後はどうなっても構わないと。

『俺は、お前を友達だと思ったことなんて一度も無い』

『…帷…っ…!?』

『お前は、俺の可愛い小鳥だ。…だから、永遠に俺の傍で何も考えずにさえずっていればいいんだよ』

微笑む帷の背後、くり抜かれた青空を、名も知らぬ鳥が飛んでいく。

…ようやく理解した。ここは、帷が用意した鳥籠《とりかご》なのだ。逃げ出そうとした雪加を閉じ込めるための。

雪加は何も文句など言えない。約束を破ったのは、雪加の方なのだから。何をされても、甘んじて受けるしかない——なんて。

……そんな身勝手な理屈、納得出来るもんか……！

『ふ…、ざける、なぁっ…！』

沸々《ふつふつ》と滾る怒りが、普段とはかけ離れた力を与えてくれた。雪加は渾身の力で帷を突き飛ばし、巨大な寝台から転がり落ちる。

素早く起き上がるや、一目散にドアを目指した。一糸纏《いっしまと》わぬ姿だが、仕方が無い。まずはここから逃げるのが先だ。

『…え…っ？』

だが、必死の思いで摑んだドアノブは、いくら力を入れても、びくともしなかった。連れ込まれた時、帷が鍵をかけた様子は無かったはずなのに。

諦めきれずにノブを上下させようとする雪加の背後で、くすり、と笑みが漏れる。

『そのドアは、指紋認証をクリアしないと、内側からは開けられないよ』

言われてみれば、ドアノブの上部には小さな長方形の生体認証リーダーが取り付けられていた。雪加は震える指先をセンサーに乗せてみるが、エラー音が虚しく響くだけだ。当然、素手で外すのは不可能である。

『あ…、あ、あっ……』

恐る恐る振り返れば、帷はベッドの端に腰かけ、ゆったりと脚を組んでいた。雪加に注がれる眼差しは、獲物を追い詰める獣の獰猛《どうもう》さと憐憫《れんびん》を等分に含んではいるが、立ち上がろうとする気配は無い。

ならばと、雪加は左手奥の窓に駆け寄った。寝室に連れ込まれた時、窓の外がルーフバルコニーになっているのが見えたのだ。

以前、一人暮らし用の物件を探すために読んだ住宅情報誌で、ルーフバルコニーは非常時の避難通路を兼ねる場合があると解説されていた。この部屋もそうであれば、バルコニー伝いに脱出出来るかもしれない。

窓にはメインの鍵に加え、上下に補助錠《ほじょじょう》まで取り付けられている。ドア同様、内側からは開けられない工夫もされているのだろうが、肝心の窓ガラスは格子なども無く、無防備なままだった。

雪加は窓際に置かれていた椅子を苦労して持ち上げ、窓ガラスに叩き付ける。

『う…、わあっ!?』

脆いガラスを突き破るはずが、予想外に強い反動に襲われ、雪加は思わず手を離した。床に転がった椅子の前で、呆然と目を見開く。

あれほど力を込めたのに、大きな窓ガラスには一筋のひびすら入っていなかったのだ。くっくっくっ、と帷が愉快そうに喉を鳴らす。

『その窓は特殊な強化ガラスだから、雪加じゃ銃弾でもぶち込まない限り割れないだろうね。いくら雪加のお願いでも、まだ銃なんかはあげられないけど』

『…っ…、帷、お前…』

冷たい汗がつうっと背筋を伝い落ち、雪加はへなへなとくずおれた。

もしかして帷は――いや、いくら帷でも、そんな真似は――。

笑みを深めた帷が、音も無く起き上がり、おもむろに歩み寄ると、獣めいた動作で雪加の傍に膝を突く。伸ばされた手を、避けるのは簡単だっただろう。

けれど雪加は避けなかった。…避けられなかった。

たとえ今、帷の手から逃げたところで、この部屋からは出られないのだ。脱出口は全て塞《ふさ》がれている。

遅かれ早かれ、帷の手に落ちる。それが雪加の……帷の小鳥の、定め。

『ふふ…っ、やっとわかった?』

くい、と帷は雪加の顎《あご》を掬《すく》い上げた。重ねられた唇の熱さを感じる間も無く、鋭い痛みが雪加を襲う。

『い、痛ぁ…っ…！』

悲鳴を上げた唇から、ぽたぽたと鮮血が滴った。

至近距離で微笑む帷のそれもまた紅く染まっており、雪加はようやく悟《さと》る。帷に噛み付かれたのだと。今まで孤独を癒してくれこそすれ、傷付けられたことなど無かったのに。

『それはね、罰だよ』

『罰……』

『そう…ずっと一緒に居る約束を破った罰。可愛いお前を傷付けたくなんてないけれど、一度痛い目を見なきゃ、小鳥は何度も逃げ出そうとするだろう？』

──全部、お前のためなんだよ。

うっとりするくらい優しく甘い声音で、帷は囁いた。血の匂いに、己の纏う梔子の香りを溶かし込みながら。

──わざと腕の中から逃《のが》し、逃げ場は無いと思い知らせてやったのも。逃げたら痛い目に遭うと教えてやったのも。

全部、全部雪加のため。

『は…、はは…っ、は……』

床に散った鮮血に、降り注ぐ透明な雫《しずく》が混ざり合う。素裸の背を震わせ、雪加はぐしゅぐしゅと泣き笑った。

……そうか。これは、罰なんだ。

帷が自分より不幸だと思い込み、優越感に浸っていた昔の自分に、数年越しの罰が与えられたのだ。だとすれば、帷の言葉もあながち嘘ではない。

こんな目に遭わされるのは、全て雪加のせいだったのだ。帷は悪くない。恨むとしたら、愚かな自分自身…。

――ねえねえ、兄ちゃん！

必死に言い聞かせるそばから、弟の無邪気な姿が頭を過《よ》ぎる。

――兄ちゃんも、父さんと母さんに言ってやってよ。俺、塾なんて絶対嫌なのに、二人とも行け行けってうるさいんだよ。

彼らにとっての一人息子が可愛くてたまらない父と継母は、聡志に名門大学付属の私立中学校を受験させせようとしていた。雪加の大学の学費が高すぎるとぶつくさ文句を言っていたくせに、聡志のためなら金も愛情も惜しまないのだ。

そして聡志は、両親という存在はそういうものだと、何の疑問も抱かず信じ込んでいる。愛されて育ったあの弟ならきっと、雪加のような過ちは犯さなかっただろう。帷ともちゃんとした友情を築けたはずだ。

少なくとも欲望の対象にされ、犯されることなんて――。

『…は…、ふ、う…っ、うぅ、うっ…』

頑是《がんぜ》無《な》い幼子のように泣きじゃくる雪加に、束の間、帷は黒い瞳を戸惑いに揺らした。大きな両の掌で雪加の頬を包み、流れる涙を温かな舌で舐《な》め取っていく。実の母親からも受けた覚えの無い、愛情のこもった仕草で。…そんなもの、欲しくなんてないのに。

『…泣かないで、雪加』

『ううう…っ、うっ、ひ…ぃっ、く…』

『お前は可愛い…。俺にとっては、お前だけが可愛くて、愛おしい存在なんだから…』

何を今更と、声の限り罵《ののし》ってやりたかった。雪加を泣かせているのは、当の帷ではないか。数え切れない女性を弄んだくせに、どうして雪加だけなんてほざけるのか。

『可愛いよ、雪加…お前だけだ。俺の愛しい小鳥は、お前だけ…』

『ふ…ぁっ、あ、…うぁぁ…』

矛盾だらけの優しい言葉に、荒れ狂っていた心がほんの少しずつ癒《いや》され、慰撫《いぶ》されていくのが悲しかった。

……結局、雪加には帷しか居ないのか。雪加を一度も友人と思ってくれなかった、この男しか。

『……雪加……』

嗚咽《おえつ》が治まったのを見計らい、帷は雪加を抱き上げた。

再びベッドに横たえ、脱力した身体をまさぐり始める手の優しさが、惨《みじ》めさを募《つの》らせる。もう抵抗する体力も気力も残っていないのだと、帷にはお見通しなのだ。いっそ力ずくで押さえつけ、手酷《てひど》く犯してくれれば、何も考えずにいられるものを。

『可愛い…、雪加は可愛い、いい子だ。可愛くて可愛くて、食べてしまいたいくらい…』

『ひっ……、ぁあ……』

肉付きの薄い胸に息づく小さな突起を摘《つ》まむ指先も、しゃぶりつく唇も、萎《な》えた肉茎を陰嚢《いんのう》ごと揉みしだく掌すらも、欲望と同じだけの愛おしさに満ちていた。

可愛いと耳に吹き込まれるたび、僅かに残った理性が削り取られ、剝き出しにされつつある本能が囁くのだ。…身も心も帷に任せてしまえば、楽になれる。幸せになれると。

『…俺の可愛い、雪加…』

されるがままの雪加の脚を開かせ、帷は白い内腿《うちもも》のあちこちを強く吸い上げた。柔《やわ》な肉に紅い痕を刻まれる微かな痛みすら、性器を巧みに扱《しご》かれる快感と混ざり合い、更なる熱を呼び覚ます。

『あ…んっ…、んっ、あ…』

啜《すす》り泣きと悲鳴は、いつしか淫《みだ》らな嬌声《きょうせい》へと染め変えられた。雪加が甘い声を漏らせば漏らすほど、帷の囁きは蕩《とろ》け、愛撫も蜂蜜《はちみつ》のようにこってりと粘り気を増してゆく。

『お前には、俺しか居ない。…お前を愛しているのは、俺だけなんだよ』

否定は出来なかった。就職活動中の雪加が突然行方不明になっても、誰も捜そうとはしないだろう。

父と継母などは、これで厄介払《やっかいばら》いが出来たと喜ぶかもしれない。邪魔者の消えた一家で、弟はますます大切に愛されて、そして。

『愛してる…、愛してるよ、雪加。何も持たない俺を助けてくれた時から、お前だけを…』

内腿だけでは飽き足りず、熱に浮かされたように愛をさえずり続けながら雪加の全身に紅い痕を刻む帷。

この男に、雪加は囚《とら》われる。

『ん…、ひぃ…っ、あ、あんっ…』

『いい子だ…、雪加。もっと鳴いて。もっと、俺だけに可愛い鳴き声を聞かせて』

『ああっ…、ふ、んぅっ、あ……!』

肌のあちこちを吸い上げる音に、ぐちゅぐちゅと耳障りな水音が混ざる。

一度達したはずの性器は、帷の掌の中で再び熱を帯び、先端から透明な雫を滴らせていた。

両の瞳と肉茎。どちらからも涙を零しながら、大股を開かされた雪加はさぞ見苦しいだろうに、帷の黒い瞳は愛しさと狂おしさを増していくのだ。

『やぁ…、あ、あ…ん…っ！』

二度目の精液を噴き上げる瞬間、高い悲鳴をたなびかせる喉首に帷の歯が立てられた。

……嚙み切られる!?

雪加は恐怖に強張《こわば》るが、予想に反し、帷の歯はやわやわと薄い肉を食《は》むだけだ。

…いや、愉《たの》しんでいるのだと気付かせてくれたのは、内股に押し当てられた帷の股間だった。布越しにも硬いそこは、雪加が喉を震わせるたびに脈打ち、昂《たかぶ》っていく。

もっと鳴いてと、めり込む白い歯が無言で催促《さいそく》していた。雪加は帷の小鳥だから、鳴き声で帷を愉しませるのは当たり前だと。

『…あぁ…、…あっ、…んっ、う…』

何でも思い通りにさせてたまるかと反発する心を裏切り、雪加の唇は欲情に潤《ほと》びた喘ぎを漏らし続け、帷を悦《よろこ》ばせてしまう。

従順さを愛《め》でるように舌を這わせ、帷は精液に濡れた手を雪加の尻のあわいへ潜《ひそ》ませた。

『……ひぁっ！』

自分でも滅多に触れない蕾《つぼみ》の入り口をぐるりとなぞられ、悲鳴を上げた弾みで、喉首を捕らえた歯がいっそう深く食い込む。帷が雪加を傷付けることは無いとわかっていたが、急所を押さえられた恐怖に身体は竦《すく》み、帷の指を諾々《だくだく》と受け容《い》れる。

『いや…ぁ…、あっ、帷…っ、そこ、やっ…』

喉首に喰い付いて離れないくせに、帷の指先は的確に雪加の蕾に潜り込み、誰にも侵《おか》されたことの無い隘路《あいろ》を内側から拡《ひろ》げていく。異物を押し出そうと抵抗していた肉壁は、雪加すら存在を知らなかった奥のしこりを突き止められ、執拗に抉《えぐ》られ続けるうちに、とうとう帷に屈した。

追い出す動きから誘い込む動きへの変化に、中に居座る帷が気付かぬはずがない。

『…ここ…、いいんだ…？』

捕らえていた喉を解放し、しこりをぐりぐりと二本の指で擦《こす》る。

雪加は細められた黒い双眸から顔を逸《そ》らすが、堪《こら》えきれない嬌声を漏らしっぱなしでは何の意味も無い。

『…あ…、ああっ…、ん…』

『良かった。…男はここがいいって話に聞いてはいたけど、さすがに女では確かめられなかったから…』

『と…、…ばり…っ、…おま、えっ…』

まさか、取っ替え引っ替えしていたあの女性たちは——当たって欲しくなかった予感は、しかし的中していた。

『雪加を絶対に気持ち良くさせてあげたかったから、たくさん練習したんだ』

練習相手に不自由せずに済んだから、初めて母さんそっくりなこの顔に感謝したとうそぶく帷に、女性たちへの未練や罪悪感は欠片も窺えなかった。今や母親にすら勝《まさ》るだろう艶めいた面に滲むのは、雪加を貪《むさぼ》り尽くしたいという欲望だけだ。

…最初から、雪加は帷という獣の獲物でしかなかった。獲物が獣の友人になど、なれるはずもない。ただ、雪加が愚かな夢に浸っていただけ。

『ぁ…っ、は、…ぁんっ、は、は…ぁっ…』

泣いているのか、鳴いているのか。

もはや雪加自身にもわからないが、帷にとってはどちらでも構わないのだろう。ひくつく喉を愛おしそうに撫で上げながら、頬を濡らす涙を舐め、腹の中を指で飽きもせずに掻き混ぜているのだから。

『俺の雪加…、もっと…、もっと鳴いて…俺のために…』

『ん……あっ、ひぁっ、あ……！』

帷のシャツに擦られ、尖《とが》っていた乳首を不意打ちで摘まみ上げられたとたん、電流のような快感が突き抜けた。同時にしこりを抉られた肉の隘路が、銜《くわ》え込んだままの指をきゅううっと締め上げる。

『あぁ……』

恍惚《こうこつ》と息を吐き、帷は股間を太股に強く押し当ててきた。下着の奥で完全に勃《た》ち上がっているだろうそこが、早くお前の中に入れろと無言で迫っている。

『…さっきの…、すごく可愛かった…』

『う…、あ…ぁ、ん…、んっ…』

『俺を尻に銜え込んで、おっぱい弄《いじ》られて鳴くなんて……お前は、どこまで可愛くなれば気が済むの？』

甘く詰《なじ》られても、どうしようもない。

雪加だって知らなかったのだ。胸も尻も腹の奥も…自分の身体が、こんなにも感じやすかったなんて。

はあはあと荒い息を継ぎ、上下する薄い胸のそこかしこに、興奮しきった帷が紅い痕を咲かせてゆく。

『あん…っ、あっ、あぁっ…』

『可愛いっ…、可愛いよ雪加、可愛い…』

しばしの間、帷は痕を刻むたびに上がる嬌声を堪能《たんのう》していたが、やがてむくりと身を起こした。着乱れたシャツを脱ぎ去り、ズボンの前をくつろげるや、ずり下げられた下着から反《そ》り返った雄《おす》が現れる。

しょっちゅう互いの家に泊まっていたのだから、雄としての優秀さを物語るように大きく圧倒的な存在感を放つ帷の性器を、初めて目《ま》の当たりにしたわけではない。さすが来る者拒まずの男は違う、などと密かに感心していたこともある。

なのに今、雪加の全身を戦慄《せんりつ》が貫いたのは、それが自分を傷付ける恐ろしい凶器だからだ。あんな巨大なものなんて、絶対に入らない。無理矢理ねじ込まれたら、壊れてしまうに決まっている。

『やだ…、やだ、嫌だ…っ…』

雪加はいやいやをするように首を振り、ベッドを這いずって逃げようとした。あれで貫かれたら、帷が弄んでは捨ててきた女性たちと同じに…女にされてしまいそうで、冷や汗が全身から滲み出る。

だが、手を後ろについたとたん、見透かしたように細い足首を掴まれ、閉じかけた脚をがばりと開かされた。

『大丈夫だよ、雪加。俺がお前に、痛い思いなんてさせるはずがないだろ?』

ぎりぎりと足首を締め上げるのとは反対側の手に、帷はいつの間にか、小さな壜《びん》を乗せていた。

小鳥をかたどった蓋《ふた》を器用に咥えて開けると、帷がいつも纏うのと同じ、梔子の香りがほのかに漂う。甘く優しいのに、どこか人を不安にさせずにはいられない香り…。

『…うぁあ、あっ…』

もがく雪加の股間で傾けられた壜から、とろみのある液体が垂《た》らされた。

冷たさにびくんとするのは、一瞬。

雪加の敏感な蕾に辿り着くや、液体はほのかな熱を孕《はら》み、ひくつくそこにねっとりと絡み付いていく。

『あ…、い、……れぇ…?』

何これ、と発したはずの声は、甘い喘ぎにしかならなかった。

雪加の疑問などお見通しの帷が、空になった壜をサイドボードに置き、濡れた蕾に指を這わせる。

『雪加のために、特別に調合させたんだ。これがあれば、初めてでも痛くないよ』

安全な成分しか入ってないから安心して、と付け足され、どうして安心出来るだろう。特注の潤滑剤を作らせるには、いくら帷でも相応の時間がかかったはずだ。

一体いつから、雪加を捕らえておくためのこの豪奢《ごうしゃ》な鳥籠は、造られていたのか。…すぐ傍で画策《かくさく》する帷の異常に、どうして気付かずにいたのか。

全てはもう遅い。愚かさの付けを、雪加は身体で支払わされる。

『あぁ…っ、あっ、ああ、は…ぁ…っ』

再び侵入してきた長い指が透明な液体をあのしこりに塗り込むと、二度も達して萎えたはずの肉茎がありえないほどの熱を帯びた。

腹の奥から湧き出る熱い血潮が全身を駆け巡り、冷えていた肌を火照《ほて》らせていく。快楽に染まりきれない、雪加の心だけを置き去りにして。

『いい？　…お尻の中、気持ちいい？　雪加』

『…あんっ、いい…っ、あっ、帷ぃ…、いいよぉ、すごく、いいよお…』

……嫌だ、嫌だ嫌だ嫌だ……！

心とは正反対の言葉が、喘ぎっぱなしの唇からひっきりなしに溢れ出る。そうすれば帷はもっと気持ち良くしてくれると、身体は理解しているから。

『ああ…、雪加、可愛いっ……！』

たまらない、とばかりに帷は雪加の頬に口付けの雨を降らせ、濡れた指を引き抜いた。おしめを交換される赤ん坊のように両脚を担《かつ》ぎ上げられ、ふっくらとほころんだ蕾に熱杭《ねつくい》の先端があてがわれる。

『俺の傍を離れないで。…ずっと一緒に居て。そうすれば、お前の望むものは何だってあげるから…っ…』

『ふ、…あぁ、あぁぁー……！』

みしみしと下肢は軋《きし》み、蕾は今にも裂けてしまいそうに拡げられているのに、痛みはほとんど無かった。

だからその分、よりはっきりと感じさせられてしまう。媚肉《びにく》を割り開かれるおぞましさも、我が物顔で雪加の腹に納まろうとするふてぶてしい雄の逞しさまでも。

けれど、一番厭《いと》わしいのは……自分自身だ。

『あんっ、ああんっ、気持ち…、いい、気持ちいい、よぅ…っ…』

心は涙を流しているのに、懐柔《かいじゅう》された身体はがつがつと快楽を貪《むさぼ》り、聞くに堪えない嬌声を迸《ほとばし》らせている。帷を悦ばせ、更なる快感を得るために。担がれた肩の上で爪先《つまさき》を丸め、肉茎を張り詰めさせて。

…これでは、まるで女の子だ。いや、帷に抱かれてきた女性たちだって、こんなにみっともない姿など晒さなかったに違いない。

『…っ、雪加、…俺も…』

『あ…、あっ、あん、あんっ、あっ』

『俺も、いいよ……お前の中、天国に居るみたいだ…』

『あぅ…んっ、ああ、は…、あ……!』

根元まで雄を収めた帷は、大きく腰を使い、物欲しそうにうごめく媚肉を思うさま擦り上げた。

抜ける寸前まで腰を引かれ、あのしこりを抉りながら一気に貫かれると、目がちかちかとして、帷の腹筋に擦られた肉茎が脈打った。鼻の奥に、濃縮された梔子の香りがむわりと広がっていく。…正気を蕩かす、花の匂い。

再び引こうとする雄に、雪加は媚肉を絡み付かせた。

『…帷ぃ、…もっとぉ……』

甘くさえずりながら担がれた脚を帷の項《うなじ》で交差させ、くいと引き寄せる。

雪加の中を占領する男には、それだけで十分伝わったようだ。帷は雄を半ばまで媚肉に沈め、緩やかに腰を揺らし始める。

『…あっ、あっ、あぁっ、あんっ…』

熟した硬い切っ先にしこりを何度も突かれ、歓喜に身を震わせているうちに、腹のあたりで濡れた感触が広がった。

射精とは異なる感覚に、まさか漏らしたのかと危惧《きぐ》したが、そうではないようだ。腹を指先で拭い、ぺろりと舐め上げた帷が、うっとりと微笑む。

『…初めてで潮を吹くなんて…素質あるよ、雪加…』

『そ…、しつ…？』

『うん。…俺に抱かれて、気持ち良くなれる素質。やっぱり雪加は、俺と一緒に幸せになるために生まれてきたんだね…』

——幸せ？

お前がそれを言うのかと、詰ってやりたかった。たとえ今の状況を招いたのが、雪加自身だったとしても。

だが、現実の雪加は帷に縋り、激しすぎる突き上げを懸命に受け止めている。精液混じりの潮で、己と帷の腹を濡らしながら。

『…いぃっ…、あ…ん、いい、帷っ…』

触れ合った素肌からじわじわ染み込む体温にすら官能を煽られ、広い肩に額をすり寄せていると、担がれていた脚を下ろされた。

弾みで抜けかけた雄を根元まですかさず嵌《は》め直し、帷は上体をぴたりと隙間無く重ねてくる。

『帷…ぃ、あ、あんっ、いい、いい…っ！』

逞しい背中に思う存分しがみつき、雪加は自《みずか》ら腰を振った。

硬い胸板に乳首を擦られるのがたまらなく気持ち良くて、胸を擦り付けていたら、帷が薄い肉ごと両胸を持ち上げ、尖った突起を強く吸い上げてくれる。

『…おっぱい…、気持ちいいっ…、…あん、もっと…っ、もっと、吸ってぇっ…』

促《うなが》されるがままさえずれば、帷は雪加が望む以上の快感を与えてくれる。

帷の突き上げと己の腰使いが重なり、あのしこりを先端のえらの部分でごりごりと擦られるたび、心も削《けず》られていった。快楽以外の何も考えられない獣と化す寸前、残された最後の理性が胸を刺す。

『…が…、…た、よぅ…』

『…っ、雪加……？』

『友達が…、良かったよぅ…。帷…、僕は、…友達じゃ、いけなかったの…？』

両親に愛されなくても、家庭の邪魔者であっても、帷さえ親友でいてくれれば、強く生きていけると信じていた。帷の存在だけが、雪加の支えだったのに。

…雪加が守ってやりたいと願った帷は、一体どこへ行ってしまった？

『ふぇぇ…、…っく、…ひぃ、…っ…、会いたい…、よぅ…、あの頃の、帷に…、会いたいよ

お…』

薄い胸を大きく上下させ、泣きじゃくる仕草は幼い子どもそのものなのに、下肢では太い雄を銜え込み、肉茎から歓喜の涎《よだれ》をだらだら垂らしている。

その落差が見下ろす男の情欲を更に煽り立てているとも気付かず、雪加は悲しみの涙を流す。

『……ごめんね、雪加』

短くない沈黙の後、帷は雪加の震える唇に己のそれを重ねた。身体まで繋げておきながら、キスは初めてだなと他人事のようにぼんやり思う。

『雪加の願いなら何でも叶えたいけど…それだけは駄目なんだ。友達なんかじゃ、俺は我慢出来ない…』

『…ひ、…どいっ…』

『…そう、俺は酷《ひど》い男なんだよ。だから、お前が泣いても叫んでも、俺のものにせずにはいられないんだ…』

束《つか》の間《ま》、帷の端麗《たんれい》な面を横切った悲痛な色は、涙の被膜《ひまく》に覆い隠された。

ぽろりと零れた透明な粒を舐め取り、帷は律動を再開する。雪加の一方的な友情を、断ち切るために。

『や…、だぁっ、やだやだ、やだっ…』

小刻みに腹の奥を突きまくられ、身体を揺さぶられるごとに、梔子の匂いが鼻腔に侵入してくる。

ぬちゅぬちゅと股間から聞こえてくる水音は、あの透明な液体だけではなく、肉茎が垂らし続ける先走りのせいで、粘り気を増す一方だ。誰かが目撃したとしても、雪加が力ずくで犯されていると思う者など一人も居ないだろう。

『やだ、…や…、だ、…あ、ああっ、あっ』

やがて小さく呻《うめ》いた帷にされるがままの腰を引き寄せられ、最奥《さいおう》に熱情のたけをぶちまけられた時、雪加の涙はとうとう枯れ果てた。

……もう、戻れない。

柔らかく解《ほぐ》された腹の中を、じわじわと焼く濃厚な精液の熱さが。歓喜にざわめき、一滴も残さず取り込もうとする媚肉のあさましい蠕動《ぜんどう》が。

男に組み敷かれた身体を支配する全てが、雪加に思い知らせる。――帷が親友だと信じていられた幸せなあの頃には、二度と戻れないのだと。

『…ああ…、雪加…、可愛い俺の雪加…』

雄を埋めたまま、帷は雪加をきつく抱きすくめる。その背後に広がる切り取られた青空に、もう鳥の姿は無い。

『今日から、お前は俺の小鳥だ。…ここに居てくれる限り、どんなものからも守ってあげる』

欲望に濁《にご》った双眸に、泣きはらした雪加の顔が映り込んでいる。

『俺を怖がらないで、雪加。俺はお前の全てになりたい。お前の心と身体、全てを俺で埋め尽くしたい。……お前が俺無しでは生きられないようにしたいだけなんだ』

唇を重ねられ、梔子の香りを嗅いだ瞬間、雪加は意識を手放した。

夢だと思いたかった。

けれど現実は牙を剝《む》き、容赦《ようしゃ》無く雪加《せっか》に襲いかかってくる。

初めて犯された翌日。深い眠りから目を覚ますと、部屋に居るのは雪加だけだった。軋《きし》む身体を引きずり、あちこち探し回ったが、帷《とばり》の姿は無い。

その埋め合わせとばかりに、サイドテーブルにビロードの小さな箱が置かれていた。巻かれていたリボンを解《ほど》き、蓋《ふた》を開けると、現れたのはきらきらと輝くペンダントだ。

小鳥をかたどったペンダントヘッドに、プラチナのチェーンが通されている。小鳥のつぶらな瞳はサファイア、広げた羽や止まり木には何粒ものダイヤが嵌《は》め込まれ、嘴《くちばし》に咥《くわ》えた木の実はパールだ。宝飾品に詳しくない雪加でも、一目で高級品とわかる輝きと存在感を放っている。

——俺の可愛い小鳥。

犯される間、何度も吹き込まれた言葉がよみがえり、雪加は箱ごとペンダントを床に叩き付けた。

苛立ちのまま更に踏みにじってやろうとした瞬間、入り口のドアが外側からゆっくりと開かれる。

『……食事をお持ちしました』

入ってきた厳《いか》つい顔の男は、硬直する雪加に一瞬だけ非難がましい視線を投げたが、すぐさま無表情を取り戻した。脚付きのトレイをサイドテーブルに置き、一礼して踵《きびす》を返す。

『ま、…待って…！』

ようやく我に返った雪加が呼び止めても、男は振り返りもしなかった。閉ざされたドアは指紋認証に阻《はば》まれ、内側からは開けられない。

……あれは、帷の部下なんだろうか。

ここに入るのを許されたくらいだ。堅気《かたぎ》の人間ではないだろう。

おそらくは帷の配下、つまり樋代《ひしろ》組の組員ということだ。あの反応からして、雪加の言葉など聞き入れてくれまい。

『…あ…っ…！』

溜息を吐いて振り返った時、雪加は男の冷たい態度の理由を悟《さと》った。

窓ガラスに映し出された雪加は生まれたままの姿で、下着の一枚も纏《まと》っていなかったのだ。

今の今まで気が付かなかったなんて、いくら寝起きで頭がぼんやりしていたからといって、間抜けにもほどがある。

しかも裸身のいたるところに紅い痕が散らされていては、帷にたっぷり可愛がられましたと言いふらしているようなものだ。雪加が望んだわけではないと主張しても、理解してはもらえないだろう。

理不尽すぎる状況に苛々するが、まずは何か着るものが欲しい。雪加はベッドからシーツを剝《は》がして裸身に巻き付け、室内を改めて探索した。

ルーフバルコニーに繋がる窓はやはり固く閉ざされていたが、奥に並んだ二つの白い扉は簡単に開いた。向かって右側はトイレ、左側は広々としたバスルームだ。

透明な仕切りの向こう側、埋め込み式の大きなバスタブには紅い花びらの浮かんだ湯がなみなみと張られている。いつでも好きな時に入浴出来るらしいが、悠長に朝風呂を楽しむ気分になどなれそうもなかった。

さんざん犯され、潤滑剤やら帷や己の精液やらで汚れたはずの身体が綺麗なのは、ここで清められたからなのだろう。……たぶん、帷自身に。

耳に染み込んだ囁きが、雪加の脳を侵《おか》す。

『……お前が俺無しでは生きられないようにしたいだけなんだ』

ぞわりと背を震わせ、雪加はバスルームのドアを閉じた。バスローブの類《たぐい》があるかもしれないと期待していたのに、棚にはタオルしか詰まっていなかったのだ。

ウォークインクロゼットは勿論《もちろん》、サイドボードの小さな引き出しまで確認したが、身に着けられそうなものは一つも見付からなかった。目眩《めまい》を感じた雪加はベッドの端に腰かけ、床に落ちた小鳥のペンダントを睨《にら》み据《す》える。

『…あんなもの寄越すくらいなら、服の一枚くらい置いておけばいいのに…』

部屋は暑くも寒くもない適温が保たれているけれど、素裸…身を守るものが何も無い状況というのは、それだけで心もとないものだ。ましてや今の雪加の境遇では、不安はいや増し、心を蝕《むしば》んでゆく。

……帷は、どこへ行ったんだろう。…僕を、どうするつもりなのか……。

シーツに包まれた膝を抱え、雪加は俯《うつむ》いた。男が置いていったトレイの上には、クリームを添えたパンケーキや具沢山《ぐだくさん》のスープなど、雪加の好物ばかりが乗せられていたが、今は食欲などとても湧《わ》いてこない。

……帷は父親の盃《さかずき》を受けて、樋代組のフロント企業に就職するって言ってた。大学はあと一年残っているけど、もしかしたらもう会社に出てるのかもしれない……。

考え込んでいるうちに頭痛がしてきて、雪加はベッドに身を横たえた。だが目を閉じかけるや、覚えのある匂いが鼻腔《びこう》をくすぐり、がばりと起き上がる。

『ひっ……』

——梔子《くちなし》の匂い…っ…！

間違い無い。犯される雪加を包んでいた、あの匂いだ。斑目《まだらめ》帷という男を体現するような、白く楚々《そそ》とした、けれど人の心を惑わせずにはいられない花の放つ香り。

がちがちに強張《こわば》ったまま周囲を見回すが、帷が帰って来た様子は無い。ただの移り香なのだろう。

しかし、帷の匂いに包まれて心が休まるわけもなく、雪加はずるずると床に滑り降りた。尻で這いずってベッドから距離を取り、立てた膝に顔を埋《うず》める。

脱出を諦めてはいないが、かなり眠ったはずなのに、疲労は未だ抜けてくれない。起き抜けに動き回ったのもいけなかったのか、瞼《まぶた》を閉ざすとすぐに眠気が押し寄せてくる。

……少しだけ。ほんのちょっとだけ……。

己に言い訳をし、睡魔に身を委《ゆだ》ねてから、どれくらい経《た》った頃か。

再び漂った梔子の匂いで覚醒すると、帷が間近に跪《ひざまず》いていた。

『…ひぁっ…!?』

『……ああ、雪加……』

仰《の》け反《ぞ》った弾みで後ろに倒れそうになる雪加を、深い息を吐いた帷が抱き寄せた。端麗な顔から、緊張が抜けていく。

『…どこかに、逃げたのかと思った…』

ぽつりと落ちた呟きは、途方に暮れた子どものような響きを帯び、雪加をうろたえさせた。

だが、すぐさま苛立ちが取って代わる。

『……出来るわけないだろ。お前が逃げられなくしたんだから』

小さく揺らいだ胸は、帷が良心や罪悪感を完全に失ったわけではないという証《あかし》なのかもしれない。…勿論、その程度で雪加の怒りが和《やわ》らいだりはしないけれど。

『…わかってるよ。でも、不安なんだ』

『不安、だって…？』

『雪加は、俺の小鳥だから。…少しでも目を離したら、どこかに飛んでいっちゃいそうで、怖い…』

強張った頬に何度も口付けてから、帷は雪加を抱き上げた。そこで初めて気付いたのだが、雪加がうたた寝していた場所は、入り口からだとちょうど死角になるのだ。

しかし、この鳥籠を造り上げたのは帷なのだから、雪加が逃げ出せないことくらい重々承知しているはずではないか。どうしてそんなに慌てる必要がある？

演技かと思ったが、ひたと雪加を見詰める黒い瞳は、紛《まぎ》れも無い恐怖に揺らいでいた。束《つか》の間《ま》、雪加が怒りを忘れてしまうほどに。

『…あ…、嫌だっ…！』

ベッドに下ろされそうになり、梔子の匂いを思い出した雪加は、反射的に脚をばたつかせた。怪訝《けげん》そうに眉を寄せた帷の視線が、ベッドの脇に向けられる。

『…あれ…、気に入らなかったの？』

一瞬で冷え込んだ声音が、雪加をびしりと凍り付かせた。帷が言うのは、床に叩き付けたあのペンダントに決まっている。

あんなもの要《い》らない、ここから出せと喚いてやればいいのだ。帷は絶対に怒らない――これまで一度も、雪加に声を荒らげたことすら無いのだから。

だが、今の帷ならどうだろう。

高価そうなスーツ越しにびんびんと滲《にじ》み出る殺気にも似た空気が、雪加を怯えさせる。少しでも帷を怒らせたが最後、命まで奪われてしまいそうで。

雪加が何も出来ずにいると、帷は予想外の行動に出た。ポケットから取り出したスマートフォンで誰かに電話をかけたのだ。

『――すぐに来い』

たった一言の通話の後、ドアを開けて現れたのは、食事を運んできたあの男だった。帷に冷たく一瞥《いちべつ》され、背中を丸めて正座する姿は、教師に叱られる生徒のようだ。

瞑目《めいもく》する男を、帷は雪加を抱えたまま、躊躇《ちゅうちょ》無く蹴《け》り飛ばした。

『……え…っ？』

呆気《あっけ》に取られる雪加の目の前で、男の大柄な体は後方に倒れ込んだ。無防備に晒《さら》された腹部に、帷は容赦《ようしゃ》無く二度、三度と蹴りを見舞っていく。

滲《にじ》み出た嫌な汗が、背筋を伝い落ちた。

『…な…、何してるんだよっ…』

無抵抗の人間を平気で痛め付ける帷も、理不尽な暴力を甘んじて受ける男も、雪加には理解出来なかった。この男が、一体何をしたというのか。

男の腹をぐりぐりと踏みにじりながら、帷は平然と言い放つ。

『雪加が気にすることは無いよ。これは当然の報《むく》いなんだから』

『…当然の、報いだって…？』

『こいつには雪加の世話を命じたのに、遂行《すいこう》出来なかった。俺の命令を守れない人間が、罰を受けるのは当たり前だ』

そこでようやく雪加は気付いた。帷が突然機嫌を損《そこ》ねたのは、贈り物を捨てられたからではない。雪加が用意された食事を取らなかったからなのだと。

……別、なんだ。

帷の熱い腕に抱かれているにもかかわらず、悪寒《おかん》が全身を駆け巡った。

ここはもう、雪加が今まで生きてきた平穏な世界ではない。帷が支配する王国なのだ。命令に背《そむ》いた者は暴力による制裁を受け、抵抗は許されない。警察に助けを求めることも。

一般人なら決して納得出来ない理屈に、帷も男も何ら疑問を抱かない。何故なら二人は、極道の男たちだから…。

耐え切れなくなったのは、雪加の方だった。

『…お、…願い。…もう、やめて…』

雪加は震える手で帷のスーツの襟《えり》を引いた。無言で見下ろしてくる黒い瞳には未だ強い苛立ちが宿り、自分に向けられたものではないと承知していてもなお恐ろしかったが、懸命に言葉を繋ぐ。

『その人が…、悪いわけじゃ、ないんだ。ただあまり食欲が無くて…、疲れてて、うっかり寝ちゃったから、それで…』

引きずり込まれそうな黒い瞳のせいで、しどろもどろになってしまうのがもどかしい。歯噛みする雪加に、帷はつと瞳を眇める。

『……こいつの用意した食事が、気に入らなかったわけではないと?』

『…う、…うん』

『じゃあ、今なら食べてくれる？』

正直、食欲なんてすっかり失せていたが、拒《こば》めば男は再び制裁を受けるだろう。夢中で頷くと、帷は男の腹から足をどけ、軽く顎《あご》をしゃくってみせる。

『すぐに作ってこい』

『……はい！』

よろめきながら出て行った男が戻ってくるまで、十分もかからなかっただろう。

用意されたのはさっきと同じメニューだが、洒落《しゃれ》たカフェで出されそうなふわふわのパンケーキを作っているのがこの厳つい男だと思うと驚きだ。もしかしたら、料理の腕前で世話役に抜擢《ばってき》されたのかもしれない。

ベッドに腰かけた帷の膝に乗せられ、切り分けたパンケーキの欠片《かけら》を帷の手で口まで運ばれた。

『お、…おい、しい』

雪加が嚥下《えんげ》した瞬間、床に跪き、様子を見守っていた男は安堵の息を吐く。無慈悲な蹴りを喰らった腹は、ひどく痛むだろうに。

やがて雪加がどうにか完食すると、帷は男を下がらせた。

食べ物の収まった腹を満足そうに撫で、耳朶《じだ》を甘嚙みする。

『…俺が用意したご飯でお腹を膨《ふく》らませる雪加、可愛い…』

『…あ、…ぁっ…』

『今日はどうしても外せない用事があったから、あいつに任せたけど…これからは出来る限り、俺が雪加のご飯を作るからね』

微《かす》かな痛みと梔子の香りが、未だ肌の下に潜《ひそ》む昨夜の余韻《よいん》を呼び覚ました。

勘付かれたくないのに、薄いシーツを巻いたきりの身体は、背後の男に容易《たやす》く変化を悟《さと》らせてしまう。

『雪加は何もしなくていいんだよ。ただ、俺を受け容《い》れてくれれば。他のことは全部、俺がやってあげるから…』

『ひ…ぁ、だ、…めぇっ…』

抵抗も空《むな》しく、シーツは数秒で剝《は》ぎ取られた。さらけ出された半勃《はんだ》ちの肉茎を、帷は掌《てのひら》で愛《いと》おしそうに包み込む。

『…はぁ…、可愛い、雪加、可愛い…』

『帷…、…あ、やめっ…』

『やめられないよ。…だって、これから雪加は死ぬまで、俺があげるものだけを食べて生きてくれるんだろ？』

雪加の肉体が、いずれ帷に差し出されたもので構成されるようになると思うだけで滾《たぎ》るのだと、帷は笑った。

実際、その股間は熱を孕《はら》み、震える尻のあわいに食い込みつつある。昨日、覚えているだけでも三度は雪加の中に出したはずなのに。

『…俺の、雪加…』

『あ、……やぁっ！』

ぬめりを纏《まと》った長い指が、奥の蕾《つぼみ》につぷりと沈み、昨夜教え込まれた雄の形を思い出させるように媚肉《びにく》を擦り上げる。強くなる梔子の香りは、帷が昨夜と同じ潤滑剤を用いているせいだろう。

『嫌っ…！　嫌、もう嫌だ、あんなの嫌だ！』

泣きじゃくりながら犯された。悲しみと絶望に打ちひしがれる心とは裏腹に、身体ばかりが快楽に染め上げられた。

悪夢のような記憶がよみがえり、雪加はあらん限りの力でもがいた。だが帷はあっさりと抵抗をいなし、あのしこりを抉《えぐ》る。そこに太いものを銜《くわ》え込み、快楽を貪《むさぼ》っていたあさましい姿を思い出させるように。

『…は…っ、あぁぁ、あんっ…！』

痺《しび》れるほどの快感に襲われ、爪先をびくんびくんと震わせる雪加に、帷は囁く。

『泣かないで、雪加。…これは、お前のためなんだから』

『…ぼ、…くの…？』

『俺の味と形を覚えて、俺の匂いだけを纏って…俺無しじゃ疼《うず》いて眠れないくらい、いやらしい身体になって。…そうすれば、ここはお前にとって最高の鳥籠になるはずだから』

――二度と、出たいなんて思わなくなるようにしてあげる。

優しく残酷な宣言で雪加の耳を穢《けが》し、帷は素早くズボンの前をくつろげた。解放された雄が、待ちかねたとばかりに雪加の蕾に突き立てられていく。

『い……、や…あ、ああ、ぁぁー…っ…』

……まただ。また……。

肉を裂かれ、腹を異物に満たされるおぞましさが、梔子の香りと共に快感へとすり替えられる。熱い血が全身を巡《めぐ》り、帷の掌に捕らわれた肉茎を反り返らせる。

……気持ち良くなりたくない。なりたくなんて、ないのに……！

嗚咽《おえつ》する身体をきつく抱きすくめ、帷は真下から勢いよく雄を打ち付ける。悲鳴を上げる雪加の喉笛《のどぶえ》を、愛しそうにまさぐりながら。

『愛してる…、愛してるよ、雪加…。早く、俺だけの小鳥になって…』

『嫌……っ！』

思い切り叫んだところで、雪加の記憶はぶつりと途切れた。たぶん、強すぎる快感と現実を受け止めきれなかったのだろう。

——再び目覚めた時、またも帷の姿は無かった。

両耳に違和感を覚え、けだるい下肢《かし》を引きずってバスルームに赴《おもむ》く。掻き出しきれなかった精液が最奥《さいおう》から流れ落ち、内腿《うちもも》を濡らす感触が、たとえようもなく惨《みじ》めだった。

『あ……』

洗面所の鏡に映る雪加の耳には、翼を広げた小鳥をモチーフにしたピンクゴールドのピアスが輝いていた。とっさに外そうとしたが、キャッチに何か細工がされているらしく、どうしても外れない。

イヤリングすらつけたことの無い雪加の耳朶に、誰がピアスホールを開け、一人では外せないピアスを装着させたのか——もはや考えるまでもないだろう。皮膚を貫通する痛みにすら気付かなくなるまで抱き潰され、失神した雪加の耳朶に嬉々として針を刺す帷の姿を想像するだけで、えずきそうになった。

『…う、…くぅっ…』

吐き気を無理矢理呑み込んだのは、どこかから監視されているかもしれないと思ったせいだ。無数にちりばめられた紅《あか》い痕とピアスだけを身に着け、尻から生温かい精液を垂れ流す姿を。最初に目を覚ました時、あの厳つい男は雪加の目覚めを見計らったようにやって来た。監視でもしていなければ、あんなタイミングで出来立ての食事を用意するのは難しい。

——こいつには雪加の世話を命じたのに、遂行出来なかった。俺の命令を守れない人間が、罰を受けるのは当たり前だ。

帷は雪加がこの部屋の中だけで健《すこ》やかに、幸せに暮らせるよう心を砕《くだ》いている。帷の存在こそが今や雪加にとって一番の重荷だという指摘は、絶対に通用しない。

雪加が少しでも体調を崩せば、それは雪加ではなく、あの男のせいにされるだろう。自分のせいで他の人間が傷付けられるのは心が痛い、などと善人ぶるつもりは無い。ただ、目の前で見知った人間に暴力を振るわれ、平静を保てるほど、雪加の心は図太く出来ていないだけだ。

あるいはそれを承知の上で、帷はあの男を痛め付けたのかもしれないが…。

雪加は部屋に戻り、つくねんとベッドに横たわった。

『……どうして、こうなった……？』

つい先日までは、好きな時に外出し、行きたいところに行っていたはずだ。当たり前に享受《きょうじゅ》してきた自由は、雪加の手をすり抜け、どこかに消えてしまった。…親友だと信じていた男と一緒に。

透明なガラスに切り取られた青空は、手を伸ばせば届きそうなのに、どこまでも遠い。

耳朶が小さく疼き、雪加は頭まで布団をかぶった。せめて一人の時だけは、何も考えたくなかった。


…そうして始まった日々の記憶は、脳が覚えるのを拒否したのか、あまり残っていない。忘れようがないほど深く刻み込まれたのは、意識のある間はほぼ帷に犯されていたこと。

帷の欲望は雪加を何度抱いても衰《おとろ》えず、むしろ強くなる一方だった。食事中さえ尻に雄を銜え込まされるようになるまで、そう時間はかからなかった。

唯一の救いは、時が経つにつれ、帷の在宅時間が短くなっていったことだろう。父親の盃を受け、樋代組のフロント企業に入った帷は早々に頭角《とうかく》を現し、存在感を増しているに違いなかった。

その償《つぐな》いというかのように、肌を重ねるたび贈られるジュエリーで、雪加の身体は常に飾り立てられていた。

雪加が重くだるい身体を引きずって歩くと、ネックレスやアンクレットを彩《いろど》る無数の飾りがしゃらしゃらと音をたて、帰って来た帷に居場所を教える。帷は何て愛らしい姿なんだと決まって蕩《とろ》けそうな笑みを浮かべ、購入してきたばかりの新たなジュエリーを雪加に捧《ささ》げるのだ。警報機と重石《おもし》を兼ねたジュエリー、帷に刻まれる紅い痕。雪加が纏うのを許されたのは、それだけだ。

結局、初めて目覚めたあの日から、雪加に着るものが与えられることは無かった。

しかし、どんなに異常な状況でも、人は順応《じゅんのう》する生き物だ。羞恥《しゅうち》と違和感に苛《さいな》まれていたのは最初の二、三ヵ月くらいで、帷の留守中に裸のままあの男から食事を受け取るのも、平然と出来るようになっていった。

あの男が帷の駒《こま》として、雪加とは決して必要以上の接触を持とうとしなかったのも大きいだろう。名乗りもせず、帷も雪加の前では名前を呼ぼうとしなかったため、雪加は男の名前すら知らないままだ。

……このまま、ここで死ぬのかなあ。

時間の感覚すらあいまいになり、犯されながら取る食事にも梔子の香りにも馴らされつつあった頃、そんな考えがぼんやりと頭に浮かんできた。

帷の隙を盗み、密かに脱出の機会を窺い続けてはきたけれど、精も根も尽き果てるまで抱かれる日々は雪加の心と身体を確実に蝕んだ。今は帷の居ない間昏々《こんこん》と眠り、体力を維持するのが精いっぱいだ。

ろくに動けなくなった雪加の世話を、帷は嬉しそうに焼いた。あの男に任せるのは不在の間だけだ。帷が傍《そば》に居れば、雪加は箸《はし》すら自分で持つ必要も無かった。

『可愛い雪加…、早く、早く早く、俺だけの小鳥になって…』

閉じ込められて以来、一度も切っておらず、ずいぶんと伸びた雪加の髪を愛おしげに梳《す》きやりながら、耳元で呪文《じゅもん》のように囁き続けるのが帷の癖だった。

帷が手ずから与えるものだけを食べ、飲み、腹には常に帷の精液を抱えさせられているのに、それでもまだ不足だなんて、帷は一体雪加がどうなれば満足するのだろうか。

あの梔子の香りのする潤滑剤を使われなくても、雄の形を覚えさせられた蕾はすんなりと帷を銜え込めるようになった。嵌められただけで肉茎《にくけい》を勃起させ、中に出されれば潮を吹く。執《しつ》拗《よう》な愛撫のいちいちに甘い喘《あえ》ぎを漏らし、極まれば帷に縋《すが》り付く。

帷に侵食《しんしょく》されていないのは心ばかりで、僅かに残されたそれも、爛《ただ》れた甘い日々に遠からず喰らい尽くされてしまうだろう。

……友達が、良かったのに。

希望通りの就職を果たし、帷と共に充実した日々を送る自分。

かつて思い描き、今や夢と化した未来を折に触れ思い出してしまう雪加は、愚かなのだろうか。それとも、もう頭まで帷に侵されてしまった？

『お前は小鳥だから、目を離せばすぐどこかへ飛び去ってしまう…』

未だ帷は、雪加の小さな身体を押し潰すように犯しながら、うわ言のように口走る。

室内のそこかしこに仕掛けられたカメラで全てを把握しているくせに、雪加の背中に翼でも生え、天井のガラスを破り、飛んでいってしまうと本気で信じているらしい。そのうち両脚をもがれるのではないかと、そら恐ろしくなる。

……僕はお前から、離れようとしたわけじゃないんだよ。お前は僕にとって、誰よりも大切な存在なんだ。

閉じ込められる前、帷にそう言い聞かせておけば、現実は変わったのだろうか。

……就職してあまり会えなくなったって、離れ離れになったって、僕たちは友達じゃないか。

何をそんなに恐れているんだ……？

どこにも行けない雪加を置き去りに、時は過ぎていく。

切り取られた空にたなびく雲のように、ただ流れゆくだけだった生活は、ある日突然打ち壊された。

『──まさか、あれの女が、こんな貧相《ひんそう》な男だとはな』

指紋認証に保護されたドアを開き、見知らぬ初老の男が現れたのだ。

あの厳つい男と帷以外の人間に遭遇するのは、ひどく久しぶりのことだった。一瞬、白昼夢ではないかと疑ったほどだ。

『…儂《わし》は樋代勇剛《ゆうごう》。帷の父親だ』

ベッドに腰かけたまま、きょとんとする雪加を嫌悪も露《あら》わに見下ろし、男は名乗った。

帷の父親ということは、すなわち帷を極道に誘い込んだ樋代組の組長だ。老いてなお鋭い眼光と隙の無い物腰は、確かに堅気の人間のものではない。

『…おい、女。口がきけないのか？』

『……僕は、女じゃない』

嘲《あざけ》りを含んだ問いに、雪加は思わず反発した。一糸纏わぬ姿を晒しているのに、どうして女と見間違えられるのだ。

だが、ふん、と勇剛は鼻先で嗤《わら》った。

『確かに、玉と竿《さお》は付いているようだがな。それでもお前は女だ』

『なっ…』

『わからないなら、教えてやろう』

勇剛は雪加の髪をむんずと引っ掴み、強引に立ち上がらせた。

そのままずるずると引っ張って行かれたのはバスルームだ。情事の後、雪加を清めるのはもっぱら帷の仕事…帷に言わせれば特権であり、自分で足を踏み入れるのは久しぶりのことだった。

勇剛はそこでやっと雪加を解放し、脱衣所の等身大ミラーの前に突き飛ばす。

『ほら、見ろ！　これでもお前は、自分が女じゃないと言い張れるのか!?』

『……っ！』

磨《みが》き抜かれたミラーに映し出されているのは、知らない人間――そう思いたかった。

艶《つや》やかな黒髪を肩口まで伸ばし、筋肉の落ちた小柄な身体にくまなく男の所有印を刻まれ、衣服の代わりにとりどりのジュエリーを身に着け……男の証《あかし》であるはずの性器さえ下生《したば》えを残らず剃《そ》られ、男に愛《め》でられたいと言いたげに晒した人間が、自分だなんて信じたくなかった。

けれど、ずいぶん面変わりしてはいるが、愕然《がくぜん》とこちらを見返してくるのは、間違い無く雪加自身の顔だ。

『…ひ…っ、あ、嫌ああああーっ！』

久しく忘れていた羞恥《しゅうち》がにわかによみがえり、雪加は頭を抱えながらへたり込んだ。帷の手で造り替えられているのは感じていたが、まさかここまで変貌《へんぼう》を遂げていたとは思いもしなかった。

男の愛玩物《あいがんぶつ》だと、囲われ者だと全身で語っている。

…こんな姿が、男であるわけがない。勇剛の言う通り、今の雪加は男の姿をした女だ。

『…お前、もしや…』

勇剛の声が揺らいだのは、雪加が好きで帷に囲われているわけではないのだと、察したからかもしれない。

だが老獪《ろうかい》な暴力団の長は、戸惑いを即座に切り捨てる。

『……単刀直入に言おう。あれと…帷と別れて欲しい』

予想外の申し出に、雪加は弾かれたように上を向いた。

『別れる……？』

『そうだ。…あれには今、さる大物政治家の娘との縁談が持ち上がっている』

その娘は妾腹《しょうふく》だが、父親に溺愛《できあい》されており、とあるパーティーで出逢った帷に一目惚れをしたそうだ。縁談は、帷の妻になりたいという娘の熱望を叶えてやりたい父親の方から持ち込まれた。

『我らにとっては願ってもない話だ。公安関係に多大な影響力を持つあの男の力添えがあれば、色々と動きやすくなる。帷にとっても、大きな後ろ盾《だて》になってくれるだろう』

『……』

『だが帷は、頑《がん》として縁談を受けようとしなかった。疑問に思って調べてみれば、どうやら女を囲っているらしいと判明した…』

そこで勇剛はこの部屋を突き止め、帷の不在を狙って乗り込んだのだろう。

あの厳つい男は帷の忠実な駒だが、最高権力者たる組長に命じられれば、ここに通さないわけにはいかなかったはずだ。たとえその後、帷に死ぬよりも酷《こく》な制裁を受けるとわかっていても。

『あれはお前にずいぶんと入れ込んでいるようだが、お前から身を引けば諦めるだろう。…勿論、ただでとは言わない』

勇剛はスーツの隠しから膨《ふく》らんだ封筒を取り出し、雪加の前に放った。口から一万円の札束が覗いている。少なく見積もっても、一千万円は下るまい。

『足りなければ、好きなだけ追加してやる。新しい住処でも職場でも、他に何か望みがあるなら可能な限り応じよう』

『…僕の…、望み…』

帷の居ない間ずっと見上げている、切り取られた青空が浮かんだ。そこに流れる雲。はばたいてゆく鳥の影。肉の楔《くさび》に貫《つらぬ》かれ、鳴かされ続ける自分。

脳裏に刻まれた記憶の全てが混ざり合い、未だ残されていた心を荒れ狂わせていく。

『女ではないというのなら、妾《めかけ》の真似事をしてあれにしがみ付くな。…あれは兄二人を遥かに凌《しの》ぐ才能の主だ。男妾《だんしょう》如きが足枷《あしかせ》になって、邪魔をしていい器《うつわ》ではない』

『ふ、……く、くく、あは、ははっ……』

突如、哄笑《こうしょう》しだした雪加に、勇剛は気色悪そうに眉を顰《ひそ》める。この男にとって、雪加は優秀な息子にたかる、頭のおかしい寄生虫でしかないのだろう。

今まで帷から受けた仕打ちを、ここで根こそぎ明かしてやったら、どんな顔をするだろうか。

——あんたの息子は、今あんたが汚らわしそうに見下ろしているこの身体に欲情して、朝晩構わず尻にちんこを突っ込み、腰を振って射精しているのだと…雪加が中に出された精液を自力でひり出すのも許さず、腹を嬉しそうに撫でまわしているのだと…そう、ぶちまけてやったら…！

突き上げる凶暴なまでの衝動を、雪加は寸前で呑み込んだ。実行したところで、長年極道で生きてきた勇剛は罪悪感など欠片も抱かないだろうと思えたからだ。

ならばせいぜい利用してやればいい。利害さえ一致すれば、この男は何でもしてくれるはずだから。

『……欲しいものが、あるんだけど』

精いっぱい小狡《こずる》い表情を作ってやれば、案の定、勇剛は軽侮《けいぶ》を浮かべつつも頷いた。

『いいだろう。言ってみろ』

帷が泡を喰って帰宅したのは、雪加の望みを叶えた勇剛が去ってからほんの三十分ほど後のことだった。たぶん、あの厳つい男が密かに報告したのだろう。

『ああ、雪加…、雪加…っ…！』

『――近付くなっ！　少しでも近付いたら刺す！』

駆け寄ろうとした帷の目の前で、雪加は折りたたみナイフの刃を己の首筋に当てた。ついさっき、勇剛からもらったものだ。

追加の金でも新しい家でもなく、刃物を要求した雪加に勇剛は難色《なんしょく》を示したものの、結局は護身用に携《たずさ》えていたナイフをくれた。雪加がこれで帷に危害を加える可能性は当然考えたはずだが、小さな刃物一つ与えたくらいで、貧弱な雪加が帷に傷一つ負わせることは出来ないと踏んだのだろう。

…そう、雪加がナイフを滅茶苦茶に振り回しても、帷にあっさり取り押さえられるのが落ちだ。

けれど、こうして雪加の決意を見せ付けるためなら、じゅうぶん役に立ってくれる。

『…雪加…？　何のつもりだ…⁉』

予想通り、帷はぎょっとして立ち止まった。

あらかじめ窓辺に待機していた雪加との距離は、五メートル程度か。帷が全力で走っても、雪加からナイフを奪うより、雪加が喉を突く方が早い。帷も承知しているからこそ、動けずにいる。

『…さっき、お前の親父さんが来た。僕は才能あるお前の未来を邪魔する男妾だから、お前と別れろってさ。…お前、大物政治家の娘に見初められたんだって？』

『…雪加、それは…』

『……ふざけるなぁっ……！』

叫んだ弾みで、ナイフの刃が喉に浅く食い込んだ。

裂けた肌から血が溢れ出るが、痛みなどほとんど感じない。荒れ狂う怒りが、積もりに積もった鬱憤《うっぷん》が、雪加の身体を内側から燃え上がらせているから。

『どうして僕が、男妾だとか…自分から望んでお前に囲われてるみたいに思われて、足枷だの何だのって文句付けられなきゃならないんだよ。…お前だろ！　僕をこんなふうにしたのは、お前だろぉっ⁉』

『雪加、…やめろ、やめてくれ、雪加！』

刃を喉に当てたまま、雪加は裸身を飾り立てるジュエリーを引きちぎっては帷に投げ付けた。

そのたびに飛び散る血と、悲鳴を上げる帷に嗜虐心《しぎゃくしん》を煽《あお》られる。雪加を完璧に支配し、数多《あまた》の部下たちを従える帷が、こんな攻撃でダメージを受けるなんて。

全てのジュエリーを叩き付けてやると、雪加は血走った目で迫った。

『――帷。僕を解放しろ』

『…雪加、何を…』

『もう、沢山だ！　こんな部屋に閉じ込められて、お前の玩具《おもちゃ》にされるのも、僕のせいじゃないのに男妾扱いされるのも。全部全部、まっぴらなんだよ…っ…！』

本気だった。この願いが聞き届けられないのなら、雪加は本気で喉笛を突き刺すつもりだった。

帷の父親…勇剛が雪加に向けた軽蔑《けいべつ》の視線には心を抉《えぐ》られたが、本来はあれが普通の反応なのだ。

男に抱かれる愛玩物と成り果てた雪加の存在が認められるのは、この部屋の中だけ。一歩でも外に出れば、穢《けが》れた異物である。決して自分で望んだ立場ではないにもかかわらず。

こんな境遇に追いやった帷が憎い。絶対に許せない。

…けれど一番許しがたいのは、帷よりも自分自身かもしれない。帷の執着に身も心もどろどろに溶かされ、異常な生活に馴らされ、何の疑問も持たずにいた……雪加自身。

――逃げてしまいたかった。雪加を束縛し、呑み込もうとする全てから。

一度己の置かれた状況のおかしさを認識させられてしまった以上、こんな生活は続けられない。身体も心も他人に支配されて生きるなんて、死んでいるも同然ではないか。

『…雪加…。俺は…、…ただお前が…、お前だけを…』

悄然《しょうぜん》と項垂《うなだ》れ、ぶつぶつと呟く帷に、こんな時にもかかわらず微かな優越感を抱いてしまう雪加は、どこかおかしくなっているのかもしれない。

この部屋での暮らしで雪加の心身は壊れる寸前まで追い詰められたが、帷の心もまた大きな傷を負ったのだとすれば、ほんの少しだけだが溜飲《りゅういん》も下がる。

『……わかった。お前を解放する』

雪加には永遠にも感じられた沈黙の後、顔を上げた帷は、ほんの数分の間に十も歳を取ってしまったようだった。

そのくせ落ちくぼんだ眼窩《がんか》の奥で狂気の炎をちろちろと揺らめかせる双眸は生気を失っておらず、雪加を震え上がらせる。今の帷を見たら、帷に惚れ込んでいるという令嬢の恋も一気に覚めるだろう。

『…本気、か…?』

ナイフを押し当てたまま問うと、帷は唇を歪《ゆが》める。

『…恨まれても憎まれても、お前がずっと傍に居てくれるのなら、俺は幸せだ。でも…、お前が死ぬことだけは、耐えられない…』

『…とば、り』

『――ただし、条件がある』

ぎらり、と狂暴さを増した眼差しに射抜かれ、雪加は思わず後ずさった。

距離はじゅうぶん空いているはずなのに、一瞬でも気を抜けば喉笛に喰らい付かれそうだった。ここまで来て、失敗するわけにはいかない。

『…条件、だって…？』

『そうだ。それさえ守ってくれるなら、すぐにでもお前を解放する。俺は絶対、お前の前には現れないと約束しよう』

――どうする？

纏わり付いて離れない粘《ねば》ついた眼差しも、梔子の香りも、嫌な予感しかもたらさなかった。帷は必ず、何かを企《たくら》んでいる。

だが、条件を呑む以外の選択肢など、雪加には存在しなかった。自《みずか》ら命を盾《たて》にしておきながら、まだ死にたくなかったのだ。

――帷《とばり》が準備した家に住まい、帷が用意した会社に就職する。衣食住、全ての世話を帷に任せ、緊急事態を除き、あらかじめ定められたエリアからは出ない。帷から与えられるものは必ず受け取り、利用する。

提示された条件は、言わば雪加《せっか》が帷の造り上げた箱庭の住人になるということだった。今とは比べ物にならないほど生活領域が広がるが、閉じ込められている事実に変わりは無い。

それでも解放を望んだのは、帷からは逃れられるからだ。

たとえ何もかもが帷に管理される世界であろうと、帷の姿さえ見えなければ…この身体さえ自由であれば耐えられる。馴染まされた気配が絶えず纏《まと》わり付いてきたとしても。

そう、たかを括《くく》っていたのだが…。

「…雪加。雪加、雪加、雪加っ…」

……もしかしてあれは、夢だったのだろうか？

腹を内側からぐちゃぐちゃと掻《か》き混ぜられる懐かしい感覚で眠りから覚めた時、雪加は混乱に襲われた。帷に解放されたのは願望が見せたただの夢で、本当はずっとあの部屋に監禁されていたのではないかと。

信じられないくらい奥を突く雄《おす》の逞《たくま》しさも、雪加の小柄な身体を組み敷く腕の力強さも、すでに何度か中に出されていた精液の熱さと媚肉《びにく》に絡み付く粘《ねば》り気《け》も、かつてとまるで同じだったから。帷の肩越しに広がる切り取られた空さえも。

間違い無く現実だったと教えてくれるのは、微《かす》かに漂う潮《しお》の匂いだ。

海水の冷たさと、抱き締められた腕の温《ぬく》もり。絶望的な記憶が浮かび上がり、雪加は唯一自由になる首をぶんぶんと振る。

「やめろ…っ、…あぁ…、やめっ…」

「…やめないよ。どうしてやめなきゃいけないの？」

雪加の両手をベッドに縫《ぬ》い付け、激しく腰を打ち付けていた帷が、長い前髪をおもむろに掻き上げた。

露《あら》わになった黒い瞳はあの頃よりもいっそう狂おしさを増し、雪加を射抜く。

「お前は、俺との約束を破ったんだ。罰は受けなくちゃならないだろう？」

――お前が俺から逃げないのなら、俺も追わないでいてあげる。

一年前の別れ際に、帷は雪加と誓いを交わした。

名残《なごり》を惜しむように、雪加の冷たい唇を食《は》みながら。長い前髪の隙間から覗く瞳を、爛々《らんらん》と光らせて。

――けれどもし、お前が約束を破り、俺の箱庭から逃げ出そうとしたなら…その時こそ、捕まえるから。何があっても、二度と放してやらないから。

「…ひ、い、いぃぃ…っ…！」

強制的に燃え上がらされていた身体から、ざあぁっと血の気《け》が失せていく。

……どうして、どうしてどうしてっ…！

確かに、逃亡は突発的だった。けれど雪加は可能な限り注意を払ったはずだ。

足が付かないようスマートフォンは途中で捨て、切符も現金で購入した。路線もあちこちで乗り換えた。雪加自身さえ己の辿《たど》った経路を正確に把握していないというのに、帷がどうやって追跡出来たのか。

「ご…、めん、…なさ…い…」

疑問よりも何よりも、まず謝罪が雪加の口を突いた。

このまま帷を銜《くわ》え込んでいたら、紅《あか》い痕とジュエリーだけを纏《まと》って生きていた、あの頃に引き戻されてしまいそうで。着ていたはずのスーツはとうに剝《は》がされ、素裸にされてはいたけれど。

「…そんなつもりじゃ…、なかったんだ…。お前から逃げる気なんて無くて…、きょ、今日はたまたま、…弟から、連絡があって…」

「うん、わかってるよ。雪加を置いて、家族で熱海を旅行してるんだよね」

相変わらず酷《ひど》い人たちだよね、と微笑む帷が心臓を縮み上がらせる。やはり雪加のスマートフォンの通信内容は、逐一帷に監視されていたのだ。

しかし、現実は予想を凌駕《りょうが》していた。

「さっき美術館の見学を終えて、これから神社に向かうみたいだよ。高校受験の合格祈願だって。……ほら」

「…え、…っ…?」

帷の視線の先を追い、雪加は絶句した。ベッドヘッドに固定されたタブレットには、楽しそうに笑いながら車に乗り込む父と継母《ままはは》、そして弟の姿が映し出されていたのだ。どうやら美術館の駐車場らしい。

誰もカメラの方を向いていない。隠し撮りなのだ。

……誰が、彼らを？　そんなの、一人しか居ない。

「帷…っ…、あ、あぁっ、ああ……！」

名を呼んだ瞬間、あのしこりを充溢《じゅういつ》した切っ先にごりりと擦《こす》り上げられ、もう忘れかけていた欲望を引きずり出された。

頭の奥にばちばちと小さな火花が散る。粗相《そそう》をしたのかと錯覚しそうな勢いで、肉茎《にくけい》が精液を迸《ほとばし》らせる。

繋がったまま両脚を担《かつ》ぎ上げられ、下肢が浮いた。腹の中に溜まった精液が、どろどろと奥へと流れていくのがわかる。

意識の無い間に、一体何度出されたのか。一度や二度ではあるまい。長い間行為とは無縁で、男の形も感触も忘れてしまったはずの媚肉はしとどに濡らされ、歓びにさざめきながら隆々《りゅうりゅう》たる雄を貪《むさぼ》っている。

「…あぁ…、雪加。もっと呼んで…」

「…ひ…ぃっ、あ、と…ば、り、帷っ…」

やめてくれと懇願《こんがん》したかった。帷と離れておよそ一年。一度も男を銜えなかった腹をそんなに突かれては、壊れてしまうと。

けれど攪拌《かくはん》された精液が腹の中でごぽごぽと泡立ちながら媚肉に絡み付き、そこを猛《たけ》り狂う雄にしつこく抉《えぐ》られると、甘ったるい喘ぎしか紡《つむ》げなくなる。

「やっと…、呼んでくれた。俺の名前…、雪加が…」

「あん…っ、うあ、…んっ、あぁっ、あっ」

「…愛してる、愛してるよ…、雪加。俺の、可愛い小鳥…」

「あ…っ…、あ、……や、あー……！」

根元までずっぽりと入り込んだ雄が、何度目かもわからない精液を奥にぶちまける。身動《みじろ》ぎ出来ないようがっちり抱え込まれ、一滴残らず腹に植え付けられる——切り取られた空の部屋に閉じ込められていた、あの頃のように。

ひくひくと上下する喉に、帷は熱い舌を這わせた。

「……あいつら、消そうか？」

一年前よりも筋肉のついた身体にのしかかられ、精液に満たされた腹がへしゃげた。

強い圧迫感にはあはあと雪加は喘ぐが、衰《おとろ》えを知らぬ雄に栓《せん》をされていては、耐えるしかない。踵《かかと》で逞しい背中を蹴《け》り付けても、宥《なだ》めるように喉の肉を甘噛《あまが》みされるだけだ。そう言えば帷は、行為の最中、こうして精液でいっぱいの腹に居座り、じっとしているのがことのほか好きだった。

「…消、す…？」

「万が一に備えて監視させていたけど、もうその必要は無いし…生かしておいたって、雪加が悲しむだけでしょう？」

「う、…ぁっ、あ…」

「…俺は今、すごく気分がいい。雪加が帰って来てくれたから。…だから、なるべく苦しまないように消してあげる。今の俺なら、それくらい簡単だから」

ふふ、と笑う帷からは、一年前にはあった甘さがごっそり削《そ》げ落ちている。紛《まぎ》れも無い極道の鋭い眼光は、雪加を箱庭で泳がせている間、帷が数多の修羅場《しゅらば》を潜《くぐ》り抜けてきた証《あかし》だ。

極道——そう言えば帷の父親、勇剛《ゆうごう》は今どうしているのか。

せっかく追い払った雪加に再び舞い戻られては、怒り心頭《しんとう》に発するだろう。帷との結婚を切望していた、政治家の娘は？　帷はその後、彼女と結婚したのか？

「ねえ…、どうする？　消す？」

『ねー、父さん、母さん！　早く早く！』

蠱惑的《こわくてき》な誘惑の囁きに、タブレットから流れる聡志《さとし》の無邪気な声が重なり、増える一方の疑問は霧散《むさん》した。

はいはい、と応じる父と継母は、仕方なさそうな口調に反し、慈愛《じあい》に満ちた表情を浮かべているのだろう。画面が見えなくてもわかる。あの人たちの眼中には弟以外入らないのだと、嫌になるほど思い知らされたから。

——一年前。

あのマンションから解放された時、閉じ込められてから実に二年もの時間が経過していたと知り、雪加は驚愕《きょうがく》した。犯されては眠るだけの日々に、すっかり時間の感覚を麻痺《まひ》させられていたのだ。

新たに用意されたアパートに移り、父に電話したのは、淡い期待を抱いたからだった。二年もの間、音信不通だったのだ。いくら雪加に関心の無い父でも、少しは心配してくれたのではないかと。

『……なんだ。生きていたのか』

けれど父は、電話口で面倒くさそうに溜息を吐いただけだった。

大学から連絡を受け、雪加の失踪《しっそう》に気付いてはいたそうだが、当時住んでいたアパートの解約などの手続きを済ませた以外、特に捜索などはしなかったのだ。聡志の中学受験で忙しい時期だったのに迷惑をかけられた、とくどくど詰《なじ》られた。

聡志が受験に失敗したのは雪加の失踪で心を痛めたせいだと責められるに至っては、もはや笑うしかなかったが。

『言っておくが、大学に復学したいんだったら、学費は自分でどうにかしろよ。あと、用も無いのに連絡するな。迷惑だ』

さんざん毒を吐いて満足すると、雪加の返事を待たず、父は息子が二年ぶりにかけてきた電話を切った。

以来、父とは一切連絡を取っていない。唯一、兄の無事を喜んでくれた聡志が寄越すメッセージが、肉親との繋がりの全てだ。

…皮肉にもそれが、今の状況を招いてしまったのだが。

「…僕…、は…」

お願い、と呟くだけで、きっと帷はすぐに叶えてくれる。父も継母も弟も……雪加の憂《うれ》いの種は、消えてなくなる。今まで味わわされた孤独を、苦痛を、何倍にもして返してやれる。

……でも……。

「…消したく…、ない」

「うん…？」

「消したくなんて…、ない。…お願い、消さないで」

甘いと詰られたっていい。父と継母はともかく、聡志を死なせたくはなかった。

雪加の劣等感を煽《あお》るのはいつだってあの子だったが、弟の存在に救われていたのも事実なのだ。…何より、未だ幼い聡志を、大人の思惑や怨恨《えんこん》に巻き込んでいいわけがない。

「……困ったな」

雪加の願いなら即座に叶えるはずの帷が、長い腕をベッドヘッドに伸ばした。すい、と目の前にタブレットの画面がかざされる。

何の操作もしていないにもかかわらず、そこに映し出された聡志たちの姿が少しずつズームアップされていった。撮影者…帷に聡志たちの監視を命じられた部下が、彼らに接近しているのだ。

「きっと雪加は消して欲しいって言うと思ったから、もう消すように命じちゃった」

「…何…っ…!?」

画面の中で、振り向いた聡志がにっこり笑いながら美術館の方角を指差した。旅行客を装《よそお》った帷の部下に道を尋ねられたらしい。

父と継母も、張り切って道案内をする息子を微笑ましそうに見守っている。よもや、その旅行客が自分たちの命を刈り取ろうとしているなど、想像もせずに。

「や…っ、やめさせてくれっ…! 頼むから…、な、何でも、するから…っ…」

「……本当に?」

担ぎ上げられた両脚をばたつかせながら懇願すると、帷がずいと顔を近寄せてきた。

入ったままの雄に敏感な濡れた媚肉を抉られ、こみ上げる快感に呑み込まれそうになるのを、雪加は必死に堪《こら》える。聡志たちの命は、自分にかかっているのだ。

「…本当、だから…、…皆を、消さないで…」

名前も知らずに終わったあの男を躊躇《ちゅうちょ》無く制裁する帷の姿が、頭の中をぐるぐると回っていた。

自分の部下にさえ平然と暴力を振るったのだ。他人の聡志たちなど、あっさり始末されてしまうに違いない。

「…じゃあ、これを嵌《は》めて」

帷はタブレットを脇に置き、代わりに小さな赤い箱を取り出した。

掌《てのひら》に乗る大きさのそれの蓋《ふた》を片手で器用に開くと、小さなクッションに指輪が収まっている。プラチナのリングに小さなダイヤモンドが数粒ぐるりと巡らされただけの、シンプルなデザインだ。

指輪なら、監禁されていた二年間に数え切れないほど贈られた。雪加の十本の指は、常に様々な宝石をあしらった指輪に彩《いろど》られていたのだ。

だからこそ、推測出来てしまう。今差し出された指輪が、どういう意味を持つのか。

「…これ…、まさか…」

見開かれた雪加の目の前に、今度は帷の左手がかざされた。

今まで気が付かなかったが、その薬指にはプラチナの指輪が嵌められている。あしらわれたダイヤモンドは少なく、アームがやや太いが、差し出された指輪と共通のデザインだ。

……間違い無い。これは結婚指輪だ。

帷のそれは節《ふし》ばった男らしい指にしっくりと馴染み、長い間嵌めていたのだと物語る。一年前に解放された時は無かったはずだから、あれからすぐに着けたのだろうか。

「さあ…、雪加」

帷はビロードのクッションから指輪を摘《つ》まみ上げ、雪加の右の掌に乗せた。

重さなど無いも同然の指輪が、ずしりとのしかかる。今、何も知らぬうちに窮地《きゅうち》に陥《おちい》っている聡志たちの、命の重さだ。

「ここに、お前が嵌めて」

左手を持ち上げられ、薬指に口付けられると、悪寒《おかん》が背中を貫いた。

同性同士は結婚出来ないのだから、揃いの結婚指輪になど何の意味も無い。わかっているのに、震えが止まらない。

「…や…、ぁっ…」

弱々しくかぶりを振ると、ぬめる舌が薬指を這い上がった。腹に居座ったままの帷が、どくどくと脈打つ。

「嫌なの？　…じゃあ、あいつらは消えてもいいんだね」

「…あ、…ぁっ…！」

はっとして仰《あお》ぎ見たタブレットには、時折振り返りながら階段を上る聡志が映し出されていた。美術館のエントランスまで、帷の部下を連れて行ってやるつもりらしい。近くで見守っているだろう父と継母にも、監視は付けてあるはずだ。

反射的に、雪加は担がれた両脚を帷の背中に絡めた。

「だ…っ、駄目…、消すの、駄目ぇっ」

「…なら、どうすればいいか…わかるよね？」

ゆったりと眇《すが》められた黒い瞳が、雪加の掌にある指輪に据《す》えられた。

口車に乗せられては駄目だと、理性は盛んに警告している。けれど従わなければ、人助けに張り切る弟の姿は、すぐにでも血に染まるかもしれないのだ。

他ならぬ、雪加のせいで。

「ふ…ぁ、あ、ああ…」

左手の薬指に、利き手で指輪を嵌める。

たったそれだけの動作にひどくもたついてしまったのは、腹の中を太い肉棒でぐちゅぐちゅと掻き混ぜられていたことだけが原因ではない。……恐ろしかったのだ。華奢《きゃしゃ》な指輪一つに、未来までも縛られてしまいそうで。

「…雪加…、ああ、俺の可愛い雪加…！」

「…ひっ、い、あぁぁ！」

勢い良く奥を突き上げざま、帷は左手で雪加の左手を引き寄せた。揃いのデザインの指輪を嵌めた薬指が絡み合い、かちかちと硬い音をたてる。

「これで俺たちは、もう二度と離れられなくなったんだよ…お前は俺の傍以外、どこにも行けない…」

「ち、…ちが、…ぅっ、僕はっ…」

とっさに反論しかけたとたん、帷は変貌を遂《と》げる。雪加をどこまでも甘やかす支配者から、極道の男へと。

「……間違えるな。俺が強制したんじゃない」

「あ…っ、あん…っ、や…、ああ…」

黒い瞳から、視線を逸《そ》らしたいのに逸らせない。腹の中の雄に、出て行って欲しいのに銜え込まずにはいられない。

……そして…ああ…、心と身体に刻み込まれた、忘れ得ぬ梔子《くちなし》の香り……。

「お前が、自分で選んだんだ。俺の小鳥になることを」

「い…っ、やぁ…あ、あっ、帷っ」

「…諦めて、雪加。俺は約束を守った。破ったのはお前の方なんだから」

ふっと眼差しを緩め、帷はわななく身体をきつく抱きすくめる。その背後に広がる四角い空は、夕暮れが近いのか、青と橙の鮮やかな濃淡《だいだい》を描いていた。

雲一つ…鳥の影すら無い晴れ渡った空がどこか慕《した》わしいのは、帷の執着に漬け込まれていた二年間がこの身に染み付いてしまったせいなのか…はたまた、絶望と紙一重の安堵に満たされているせいなのか…。

絶望と安堵は決定的に異なるのに、その本質は同じなのかもしれない。…だって、こうして帷に捕らわれてしまえば、いつ捕らわれるのか、捕まったらどうなるのかと焦燥にかられずに済むのだから。これ以上の絶望など、存在しないのだから。

「……愛してるよ。お前が俺を恨んでも、その分、俺はお前を愛するから」

「ん……あ、あっ、あぁっ……！」

最奥《さいおう》に発射された精液が、濡れた媚肉に叩き付けられる。

すでに出されていたおびただしい量の精液と混ざり、だぷつく懐かしい感触に、雪加の頭は真っ白に染め上げられた。


泥沼に沈んでいた意識が浮上した時、頭上には瑠璃紺色《るりこんいろ》の空があった。星々に囲まれた月の位置からして、まだ日付は変わっていまい。

……ずいぶんと長い間、眠っていたような気がするのに……。

正確な時間を知りたくても、雪加の目の届く範囲に時計の類は無かった。雪加は清潔なシーツの上で緩慢《かんまん》に寝返りを打ちながら、室内をぼんやりと眺める。

一年前に閉じ込められていた部屋よりも更に広くなり、幾つかドアも増えているが、基本的な構造は変わらないようだ。

大きな違いは、かつてはあったルーフバルコニーがなくなっていることだろう。代わりに広がる見事な夜景は、高層ビルの多さからしておそらく都内だ。どの辺りなのかまでは、さすがにわからないが。

隣県の更に隣の海まで逃げたのに、捕縛され、気を失っているうちに出発地点に連れ戻されてしまったとは…。

「…結局、無駄だったのか…」

雪加の行動は、逐一帷に把握されていた。必死になって逃げる雪加は、帷の目にはさぞや滑稽《こっけい》に映ったに違いない。

自嘲した時、くう、と腹が小さく鳴った。そう言えば、朝アパートを飛び出してから、何も食べていないのだ。腹が減るのは当たり前である。

どうせどこかから監視されているのだから、雪加が動き出したのを確認すれば、帷が嬉々として食事を持ってくるだろう。

その前に喉を潤《うるお》そうと思い、立ち上がりかけた雪加の目に、ベッドヘッドに据えられたタブレットが映る。

『……あいつら、消そうか？』

「…さ、…聡志っ…！」

帷の妖しい笑みが脳裏《のうり》で鮮やかに咲き誇《ほこ》り、雪加は血相を変えてベッドを飛び出した。予想に反し、素裸ではなくパジャマを着せられていたが、帷の意図を探る余裕など無い。

……どうして、悠長に眠りこけてなんかいたんだ…っ…！

帷の部下に監視されていた聡志たちは、あの後どうなったのか。雪加は帷の要求を呑んだが、帷はやたら聡志たちを疎《うと》んじていた。雪加が気絶したのをいいことに、消してしまったかもしれない。

「雪加…？　どうしたの？」

「帷……っ！」

絶妙のタイミングで出入口のドアを開け、入ってきた帷に、雪加は脇目もふらずに突進した。帷が持っていたトレイをすかさず頭上に上げてくれたので、厚い胸板を包む白いシャツをきゅっと摑む。

「…聡志は？　父さんと義母《かあ》さんは…っ？」

「…雪加、雪加…」

「なあ、どうなんだよ!?　…ま…、まさかもう、消して…」

もどかしさのあまり足踏みをすると、帷はほろりと苦笑した。

トレイを片手に持ち替え、雪加の背中を優しく叩く。

「落ち着いて、雪加。…消したりなんか、するわけないだろう？」

「…で、でもっ…」

「言ったはずだよ。この部屋の中でなら、どんなお願いも叶えてあげるって」

証拠を見せてあげるからおいで、と誘われ、雪加は半信半疑ながらも従った。ソファの隅に座ると、電源を入れたタブレットを差し出される。

そこに映し出されていたのは、豪勢な夕食を頬張る聡志の満面の笑顔だった。

姿は見えないが、父と継母らしい話し声も聞こえてくる。観光を終え、旅館にチェックインしたらしい。

帷は、約束を守ったのだ。

「……良かっ、た……」

安堵にくずおれそうになった瞬間、冷たいものが背筋を這い上がった。震える手でテーブルに置いたタブレットは、相変わらず家族の団らんを映し続けている。

……一体誰が、こんな至近距離で、聡志たちを撮影しているのだ？

聡志たちの宿泊先は、名の通った高級旅館だ。客のプライバシーやセキュリティにはことのほか神経を尖らせている。部外者を潜入させるのは勿論《もちろん》、監視カメラの類を仕掛けるのも難しいはずだ。

でも、この男なら。

……海に身を投げようとした雪加すら、容易《たやす》く追跡し、捕らえてみせた男なら……。

「…帷…」

ぎくしゃくと横を向くと、帷は柔らかく微笑んでいた。

頬杖をつき、雪加と並んでタブレットを覗き込むその左手の薬指には、揃いの指輪が誇らしげに光っている。

「なあに？　雪加」

帷は雪加の左手を取り、薬指にそっと唇を落とした。指輪のアーム越しに、帷の熱が肌を焼く。

「あ、…あ、あぁっ……」

一年前よりも遥かに凄《すご》みを増したその双眸が、何よりも雄弁《ゆうべん》な答えだった。どうやったのかはわからないが、聡志たちは未だ帷の監視下にある。その喉元に、見えない刃《やいば》を突き付けられている。

雪加の言動によっては、また……。

「…ねえ、雪加。ご褒美《ほうび》は？」

「……は、…っ…？」

「俺はお前との約束を守ったでしょう？　てっきり、ご褒美でもくれるつもりなのかと思ったんだけど…違うのかな？」

帷はプラチナの指輪ごと、雪加の薬指を口内に招き入れた。発情に濡れた舌を絡め、ちゅうちゅうと催促《さいそく》するように吸いしゃぶる。時折、粘ついた水音を立てて。

「…ん…ぅっ、は…っ、あ…」

引き抜いてしまいたい衝動を、雪加は必死に抑え込んだ。今、少しでも機嫌を損《そこ》ねれば、怒った帷は聡志たちを消すよう命じるかもしれない。

彼らを生命の危機に陥《おとしい》れてしまったのは、間違い無く雪加だった。雪加が帷との約束を破って逃げたから、今度こそ確実に閉じ込めるための人質として使われたのだ。

見捨てるわけにはいかない。たとえ二度と顔を合わせることが無い家族でも。

「…っ…、帷…」

雪加は左手を捕らわれたまま上体をひねり、染み一つ無い帷の滑《なめ》らかな頬に口付けた。薬指を解放した帷が、すぐに離れていったそれの感触を確かめるように己の頬を撫でる。

「……今のが、ご褒美？」

きょとんと目を見開いた、年齢よりも幼い表情がひどく懐かしかった。親友だと信じていた頃は、よくこんな表情を向けられたものだ。

「な、…何だよ。それじゃ、不満なのかよ」

束の間、昔に返ったような錯覚に陥り、雪加は唇を尖らせた。

かつて雪加が些細《ささい》なことで機嫌を損ねると、帷はどんなに理不尽な難癖《なんくせ》をつけられても苦笑

し、雪加の頭を撫でてくれたものだ。子どもじゃないんだから、と反発しつつも、内心は嬉しかった。父にも母にも、頭を撫でてもらった記憶など無かったから。

「まさか。雪加からキスしてくれるのは初めてじゃないか。…あいつらの命くらいでこれほどのご褒美がもらえるなんて思わなかったから、びっくりしただけだよ」

「あ……」

記憶にあるままの仕草で、大きな掌が雪加の頭を撫でる。

懐かしさに浸《ひた》りそうになった雪加を現実に引き戻すのは、揺らめきながらなまめかしさを増す梔子の香りだ。…友人には決して抱かない、発情の匂い。

「こんなご褒美をもらえるなら、どんなお願いだって叶えてあげる」

「帷…、違うんだ。僕は…」

「もう、雪加を傷付ける奴は居ない。今度こそ俺が守るから…嫌ってもいいから、俺の傍でずっと鳴いていて」

「ちが…っ、…あ…、んっ、帷…ぃっ…！」

頬の輪郭《りんかく》をなぞった掌が、無防備な項《うなじ》を撫で上げた。

身じろいだ拍子に雪加の膝から落ちたタブレットに、帷は一瞥《いちべつ》もくれない。蕩《とろ》けた瞳に映るのは、今にも泣きそうな雪加だけだ。

……違うんだ、帷。

雪加は帷を嫌ってなどいない。勇剛に男妾《だんしょう》と詰《なじ》られ、別れを迫られた時は激昂《げっこう》したし、恨みもしたが、結局、嫌いにはなれなかった。再び鳥籠に閉じ込められた、今でさえ。

……ただ、怖いのだ。

この期《ご》に及んで、希望を捨てきれないのだ。いつか、帷と自分は友達に戻れるんじゃないかと。…互いが互いの全てだったあの頃に、帰れるんじゃないかと。

だって…だって雪加には、もう、帷しか居ないのだから。

「…どうして…、どうして、お前は…っ」

一度は平穏な暮らしを送ろうと約束したのに、勇剛の盃《さかずき》を受けてしまったのか。…友情では満足してくれなかったのか。

疑問は、浮かぶそばから情熱的な黒い瞳に吸い取られてしまう。

「愛してる、雪加。失えないのは……大切なのは、お前だけだ……」

それは雪加とて同じなのに、二人の思いはどこまでいっても平行線を辿り、決して重なることは無い。

「嫌…っ、…帷、も…、やめ…」

ソファに押し倒され、パジャマを剝がれていく雪加を、目覚めた時と寸分変わらぬ位置から丸い月が見下ろしていた。

内も外も精液まみれになった雪加をバスルームで丁寧に清め、ベッドに横たえた。一糸纏《いっしまと》わぬ裸身には、帷の刻んだ痕が無数に散らされている。

すっかり元の白さを取り戻した肩を撫で、帷は安堵の息を吐く。

海に入っていく雪加を引き留めた時、柄にも無く動転していたせいで加減が出来ず、そこには帷の指の痕が痣《あざ》となってくっきり浮かんでしまっていた。だからパジャマを着せ、隠さざるを得なかったのだが、この分ならもう気付かれる心配は無いだろう。

この部屋に居る限り、雪加には帷の吸い痕と精液と贈った宝石以外、身に着けさせたりはしない。

逃走の意欲を削《そ》ぐため…ではなく、この白く愛らしい身体を隠してしまうのは、無粋《ぶすい》極まりないと思うからだ。雪加の魅力をよりいっそう引き立てる宝石は、この一年の間に山ほど用意してある。

誰よりも魅力的な雪加を自分だけが拝《おが》めると思うと、沸々《ふつふつ》と血が滾《たぎ》ってくる。

「…雪加、可愛い…」

むにゃむにゃと言葉にならない寝言を漏らした唇に、帷は笑み崩れながら吸い付いた。柔らかな舌を貪りたい誘惑を振り切り、用意しておいたスポーツドリンクのペットボトルにストローをつけると、物欲しそうに開いたままの唇に咥《くわ》えさせる。

執拗《しつよう》に抱かれ、渇《かわ》いていたのか、しばらくすると雪加はちゅうちゅうとスポーツドリンクを吸い始めた。

眠ったまま無心に喉を上下させる姿は、何度眺めても飽きない。今、雪加の命を握っているのは自分だと実感出来る。

「…もういいの？」

ペットボトルの中身が半分減ったところで、雪加は飲むのをやめてしまった。渇きが満たされ、より深い眠りに引き込まれたようだ。

帷としてはもっと水分を摂取《せっしゅ》して欲しかったので迷ったが、数時間もすれば雪加は目を覚ます。その時、食事と一緒に飲ませればいいだろう。栄養は可能な限り口から取った方がいいのだと、医師からくどくどと言い聞かされていた。

帷は雪加を布団の中に入れ、傍らのソファに腰かける。

箱庭に放している間も、よほどのことがない限り寝入った雪加の隣に滑り込み、小さな身体を抱き締めて眠っていた。雪加の行動や望みは逐一《ちくいち》把握し、本人すら気付かぬうちに叶えていた。雪加の目に触れぬよう狭いアパート内を動き回り、家事の一切をこなした。

初めて鳥籠に捕らえた時と同様、雪加の肉体は細胞の一つに至るまで、帷が与えたもので構成されていると断言出来る。

だが、帷に犯し尽くされて眠る雪加の世話を焼く喜びは、箱庭で過ごした一年間を遥かに上回った。

勇剛如《ごと》きにかつての鳥籠に踏み込まれ、雪加に醜《みにく》い現実を悟《さと》らせてしまったのは痛恨の極みだったが、更なる力を得るための猶予《ゆうよ》だったと思えばなんとか堪《こら》えられた。雪加を箱庭に放していた一年があったからこそ、帷は邪魔者全てを消すことが出来たのだ。

泣き腫《は》らした顔をじっと眺めていたら我慢が利《き》かなくなり、ベッドに潜り込む。

起こしてしまうのは可哀想なので、布団を頭まですっぽりかぶり、なめらかな肌を眼差しで舐め回して堪能《たんのう》した。一年間、禁じられていた分までじっくりと。生まれつき夜目が利《き》くので、薄闇でも何の支障も無い。

……ああ…、ここも…ここも、そこも、か。

感じるところにくまなく紅い痕を刻んであげたと思ったが、よくよく確かめてみれば、まだ白い肌が残されていた。

右脚の付け根、内腿《うちもも》、左の脇腹。雪加が目覚めたら、食事をさせながらしっかりと痕を付けてやらなければなるまい。お詫《わ》びも兼ねて、肌がふやけるほど舐め回してやってから。

叶うなら二十四時間一秒たりとも離れたくないが、そうもいかない今の身の上だ。帷の居ない間、自分がどれだけ愛されているか己の身体で思い知ることが出来れば、雪加の寂しさも少しは紛《まぎ》れるだろう。

眠りを妨《さまた》げない程度になめらかな肌の感触を愉《たの》しみ、布団から出ると、真上のくり抜かれた空に浮かぶ月は三日月に姿を変えていた。帷は嘆息《たんそく》し、部屋の外に出る。

出入口のドアは網膜認証《もうまくにんしょう》も加え、外側からも二重の生体認証をクリアしなければ入れないようにした。もう二度と、帷が認めた者以外の侵入を許すことは無い。

階段を下りた先の応接間には、部下の一人が待ち構えていた。

坂本《さかもと》――一年前も、雪加の世話を申しつけていた男だ。格闘技に長《た》け、調理師の資格を持ち、何より帷に絶対の忠誠を誓っていることから、雪加を任せた。

「く……、帷様。おくつろぎのところ、お呼び立てしてしまい申し訳ありません」

巨軀《きょく》を折り曲げるようにして一礼する坂本に、帷は鷹揚《おうよう》に頷いてみせる。雪加を怖がらせたくないので、この邸の中では帷を組長と呼ばないよう命じてあるのだが、まだ馴染んでいないようだ。

無理も無い。今や、帷を名で呼ぶ者など、組内には皆無《かいむ》なのだ。

帷の配下に従う一万人以上の構成員は、帷を組長と呼ぶ。僅《わず》か一年足らずで先代の組長たる父親を隠居に追い込み、その後継者として幅を利かせていた異母兄二人から次代組長の座を奪い取った希代《きたい》の傑物《けつぶつ》として。

『…帷…、何故だ。儂《わし》は、…お前の才能を、誰よりも買ってやっていたのに…!』

知らぬうちに全権を取り上げられていたと悟《さと》った時の勇剛の間抜け面《づら》は、今思い出しても笑ってしまう。

ただ血が繋がっているというだけで懐《ふところ》に入れるほど信頼し、事業のほとんどを任せるなど、帷にしてみれば信じ難い愚挙《ぐきょ》だ。…もっとも、そのおかげでずいぶんとやりやすかったのは確かだが。

二人の異母兄は、勇剛以上に呆気《あっけ》無かった。帷の稼《かせ》ぎ出す莫大な金がいずれ後を継ぐ自分たちのものになると信じ込み、遊蕩《ゆうとう》ざんまいの二人のもとへ、手管《てくだ》に長けた女を送り込むだけで良かったのだから。

女に甘い声で勧められるがまま、二人は中毒性の高い違法ドラッグに手を出し、溺《おぼ》れていった。半年も経たぬうちに、生きた屍《しかばね》の出来上がりだ。

お前のせいだと帷に八つ当たりしてきた正妻の母親も一緒に施設へ放り込んでやったから、寂しくないだろう。もっとも、あの状態でどこまでこの世にしがみつけるかは、定かではないが。

娘を帷に押し付けようとした政治家は、女性スキャンダルを暴露させ、失脚させてやった。父親の力を失った娘と結婚する意味は無い。当然、縁談は取りやめになった。

父や異母兄たちよりも、格段に甘い処分だという自覚はある。一年だけとはいえ、雪加を箱庭に放さざるを得なくなった元凶は、間違い無くこの父娘《おやこ》なのだ。

…だが、彼らのおかげで雪加をより厳重な鳥籠に囲えたのもまた事実。

地位と権力と財産を失うだけで済ませてやったのは、紛れも無い恩情なのだ。ろくに働いたことの無かった娘は風俗に身を堕《お》としたそうだが、感謝されてもいいくらいである。

「それで、何があった？」

追憶を振り払い、帷は問うた。ここに滞在中は雪加に関する事項を除き、よほどの大事でなければ報告しないよう徹底させてある。

「藤田《ふじた》医師から、雪加様のご容体を報告して欲しいと連絡がありました。場合によっては、再度の点滴が必要になるかもしれないと」

「大丈夫だ。俺がここに来た時、雪加は目を覚ました。今はまた眠っているが、朝には起きるだろう」

「…そう…、ですか。それは良かった」

ほっと胸を撫で下ろす坂本は、厳《いか》つい顔に反して気の優しい男だ。

極道に身を落とす前、幼い弟を病で失ったと聞いている。帷の駒《こま》に徹しつつも、雪加に何くれとなく気を遣うのは、雪加に死んだ弟を重ねているからだろう。

…一年前、勇剛を雪加に会わせたのも、組長の権力に屈したせいではなく、雪加のためだったのかもしれない。坂本の立場なら勇剛の来訪の理由くらい察しがついただろうし、雪加に命を盾《たて》にされたら、帷は要求を呑むしかないとわかっていたはずだ。

そうと承知の上で、帷は坂本に処罰も下さず、再び雪加の世話役を命じた。

寂しがり屋の小鳥を閉じ込めた鳥籠の居心地を良くするのは、忠誠心が高いだけの駒ではなく、情の捨てきれない世話役だ。いずれ雪加も誠実な坂本に情を移せば、目に見えない枷《かせ》になってくれるだろう。

「でしたら、今日は私が食事をお作りしましょうか」

情の篤《あつ》い男はさっそく提案するが、帷は首を振る。

「…俺が作る」

「しかし、今夜は鋼神《こうじん》会理事長と会食のご予定では…」

「取りやめさせろ。せっかく後始末も済んで、雪加を目覚めさせられるようになったんだ。しばらくはここに詰める」

樋代組《ひしろぐみ》に呑み込まれかけた老いぼれの長話に付き合うより、雪加の世話を優先するのは当然だ。

しかし、一度キャンセルされたくらいでは、理事長は諦めないだろう。鋼神会の理事長には、帷と同年代の孫娘が居る。美しいがとんでもないあばずれだと評判のその孫娘を、理事長は帷に押し付けたがっているのだ。つくづく、母親譲《ゆず》りのこの顔は、厄介《やっかい》ごとばかり引き寄せてくれる。

縁戚に連なれば最悪の事態は免《まぬが》れるなど、老人の戯言でしかない。当の帷自身、父親と異母兄たちを陥《おとしい》れ、頂点に上り詰めた男だ。理事長とて、それを知らないわけではあるまいに。

だが、極道の世界には、未だそうした迷信に取りつかれた人間が多いのも事実なのだ。まっとうな世界から転がり落ちた分、むしろ一般人より極道の住人の方が情は深く、身内を大切にするのかもしれない。

いい例が雪加の父親だ。あの屑《くず》は……。

「…承知しました。それと、桐島《きりしま》からも連絡がございましたが…」

今、まさに脳裏《のうり》に描いていた人物の名に、帷は眉を寄せる。

「――用件は？」

「帷様に直接お伝えしたいと。…ですが、おそらくは…」

「……金、だろうな」

坂本は渋面《じゅうめん》で肯定する。

桐島…雪加の父親に帷からの金を届けているのは、この男なのだ。万が一にも足が付かないよう、振込ではなく現金のみにしているからである。

「如何《いかが》なさいますか？　ご命令下されば、私が届けて参りますが…」

「…いや、いい。もうあの男の利用価値は皆無だからな」

薄汚い男を今まで生かしておいたのは、雪加を捕らえる切り札になりうるからだ。

その役割が果たされた以上、大金を投じる意味は無い。

「……始末しますか？」

坂本が巨軀に殺気を滲《にじ》ませた。桐島の真の姿を知る世話役が、雪加のためにもあの男を抹殺《まっさつ》したいと願うのは当たり前だが…。

「放っておけ」

「…、しかし…」

「逃げ道はことごとく絶ってやった。金が滞《とどこお》れば、あの下衆《げす》は勝手に野垂《のた》れ死ぬ。妻子を道連れにして…な」

断言すると、坂本は厳つい顔を微かに歪《ゆが》める。桐島とその妻…雪加の継母が野垂れ死ぬのは自業自得だが、異母弟の聡志まで巻き込むのは可哀想だと憐《あわ》れんでいるのかもしれない。

親の犯した罪に、子は関係無い――とは、帷にはどうしても思えなかった。

聡志が今まで両親に溺愛《できあい》され、何の不安も無く、満ち足りた生活を送ってこられたのは、雪加の犠牲あってこそではないか。

無知も幼さも、言い訳にはならない。だって帷は知っているのだ。あの弟のせいで、雪加がどれほどの疎外感《そがいかん》と孤独を味わわされてきたか。

……雪加を傷付ける者は、誰であろうと許さない。相応《ふさわ》しい罰を与える。たとえ雪加自身がそれを望まなくても。

「念のための監視だけ残し、後は一切の連絡を受け付けるな」

「…おおせの通りに」

一礼した坂本が退出してしまうと、帷は窓辺に歩み寄った。カーテンを引いて現れるのは、鬱蒼《うっそう》とした森だ。

一見、手入れもされていないただの森だが、赤外線センサーが至る場所に張り巡らされている。邸《やしき》の周辺には人間のガードマンに加え、訓練された番犬も常時放してあるから、万が一桐島がここを嗅《か》ぎ付けたとしても、侵入はまず不可能だ。

新しい鳥籠は、どんなものからも雪加を守れる要塞《ようさい》でなければならなかった。いくつかの候補から帷が郊外にあるこの二階建ての邸を選んだのは、都心から行き来が容易な距離に加え、警備のしやすさが大きい。

雪加がもう少し従順になってくれれば、あの部屋から連れ出し、邸の中を探索させてやろうか――ふと誘惑にかられたが、即座に否定した。雪加の過ごす世界は出来うる限り狭く、そして濃密な方が良い。そうでなければ、帷が安心出来ない。

雪加があの偽《いつわ》りだらけの部屋を出る時、それは友情ばかりを求める雪加が、帷と同じ愛情を返してくれた時だけだ。そんな僥倖《ぎょうこう》、あるわけがない。

溜息と共にカーテンを戻し、帷は厨房に向かった。

邸を買い上げる際、厨房は念入りに改装させ、一流レストランのキッチンと言っても通るほどの設備に入れ替えてある。材料さえ揃っていれば、どんなものでも調理可能だ。

箱庭に放していた一年間も、雪加は帷の作った食事や弁当を残さず食べてくれていたが、取り分け好きな食材はきちんと把握済みだ。頭の中のリストと業務用冷蔵庫の中身を照らし合わせ、素早くメニューを決めていく。

一昨日《おととい》、昨日と点滴のみで、胃にはほとんど何も入っていない状態である。ここは粥《かゆ》にすべきだろう。雪加は和食が好きだから、まずは鰹出汁《かつおだし》を利かせたシンプルな白粥だ。

白粥の仕込みが終われば、次は中華粥を用意する。雪加が白粥以外のものを食べたがった時のためだ。出汁も海鮮と鶏肉と牛テールと、三種類を作り分けた。

……粥で食欲が出たら、他のものも食べたがるかもしれないな。粥の副菜のついでに、もっとボリュームのあるやつも作っておくか。それから……。

めまぐるしく頭を回転させながら、包丁を握る手を動かすうちに、帷は自然と鼻歌を口ずさみ始めていた。

雪加のために腕を振るうのは、どうしてこんなに楽しいのだろう。

雪加が一年間を過ごした箱庭――あのアパートに住んでいたのは雪加だけだ。他の部屋は全て帷が使っていた。うち一室はこの厨房同様、最新の設備を誇るキッチンだったが、あの頃よりも遥かに心が弾むのは、作ったものを目の前で食べてもらえるからだろう。

帷が用意した材料で調理した食事を、雪加が食べてくれる。…雪加の身体が、帷で構成されていく。

その瞬間を間近で拝《おが》めるなんて、幸せ以外に何と表現すればいいのか。

「…こんなもの、か」

一時間もかからず、広い調理台は料理の皿で埋め尽くされた。本当は出来たてが一番良いのだが、雪加が目を覚ましたらすぐ食事にしてやりたいから、そこは妥協するしかあるまい。

火の始末を終え、二階の雪加の部屋に戻る。昏々《こんこん》と眠り続ける頬に口付けを落とし、スマートフォンを操作した。

すると天井の四角い窓を染め上げる景色は、三日月が輝く深更の夜空から雲一つ無い青空に一瞬で変化を遂げる。それに合わせ、壁側の窓に広がる景色も、きらめく夜景から昼間の都心へ一変していた。

この部屋の窓には超薄型の液晶パネルが埋め込まれており、帷が指定した通りの光景を映し出す仕組みになっている。映像が途切れない限り、自分が閉じ込められているのは郊外の二階建ての邸であると、雪加は決して気付かないだろう。

最初の鳥籠では、そこまではしなかった。

けれど箱庭に雪加を放さざるを得なくなった時、痛感したのだ。…縛り方が足りなかったのだと。雪加の身体ばかりではなく心までも、縛っておかなければならなかったのだと。

長い間、日の差さない室内に閉じ込められていれば、人の時間感覚は簡単に狂う。

雪加を海から引きずり上げ、ここに連れて来た時、映像は夕暮れに設定しておいた。目覚める頃には夜空に。時計の類が無ければ、外の光景から推《お》し量《はか》るしかない。自分はほんの数時間程度しか眠り込まなかったのだと、雪加は思ったことだろう。

だが、違うのだ。

雪加がここに連れ込まれてから、実際は今日で三日が経過している。さっき目覚めた雪加に見せたタブレットの映像は、中継ではなく録画なのだ。

最初の鳥籠では、外せない仕事があれば、雪加を一人で放置せざるを得なかった。勇剛が雪加に帷との別れを迫《せま》りに訪れた頃は、フロント企業のトップと樋代組の若手幹部、双方の業務が重なって多忙を極め、雪加を一人にすることが多かったのだ。その間隙《かんげき》を、勇剛に突かれてしまった。

雪加の時間の全てを共に過ごしていれば…帷が雪加にとってもっと必要不可欠な存在になれていれば、雪加は勇剛の甘言《かんげん》になど乗せられなかったのではないか？

……全ての時間を雪加と分かち合うのは、現実的には不可能だ。けれど……帷は常に自分と共に居ると、雪加に思い込ませることは可能なのではないか……？

その一念で、帷は雪加をここで抱いた後、組で飼っている医師に薬を投与させ、眠らせておいた。勿論、点滴で最低限の栄養を補《おぎな》わせた上で、だ。

今日、なんとか後始末が終わったので、新たな薬を投与されなかった雪加は目覚め、そこには帷が居た。これで雪加の記憶は、帷で繋がったはずだ。

そうしていびつな継《つ》ぎ接《は》ぎを繰り返していけば、雪加の記憶の全てに帷が…帷だけが存在することになる。

今の帷は、雪加にとって畏怖《いふ》と憎悪の対象でしかないだろう。…けれど、いつまで拒《こば》み続けられる？　雪加の世界に存在する、たった一人の人間を？

最初は逃避でもいい。唯一頼れる帷に、縋《すが》り付いただけでも構わない。

けれど、生じた心の隙間を帷の愛情で埋めてやれば、いつかは雪加も同じ感情を抱いてくれるはずだ。友達が良かったなんて、きっと言わなくなる。

…時間はある。いくらでも待つ。十年でも、二十年でも。

最終的に雪加が自分は帷の恋人であり伴侶だと、認めてくれればいい。

『……何故、そんなに持って回ったことをなさるのです？　全てを告げてしまわれれば、雪加様とて、少しはお心を開かれるでしょうに』

帷の一連の行動が、坂本にはどうしても納得しがたいようだった。

全てを告げる——今まで、帷がひた隠しにしてきた全てを。確かに、そうすれば帷に対する負の感情は、少しは和《やわ》らぐかもしれない。

だが同時に、雪加の心は深く傷つくに違いないのだ。

言えるわけがない。愛情をひと欠片《かけら》もくれなかった家族に、あまつさえ食い物にされていたなんて。

…雪加の家族に違和感を抱いたのは、雪加と出会ってしばらく経った頃だ。

雪加はごく質素な…正直に言えばみすぼらしい服装だったにもかかわらず、継母は幼い息子を雪加に預けてしょっちゅう高価な品々を買い歩き、父親は高級な外車を何台もコレクションしていると聞かされ、首をひねったものである。

それだけなら、単に雪加が可愛がられていなかったからだと思うことも出来た。けれど大学に入り、仮想通貨の取引で相応の資産を築いた時、どうにも気になって桐島家について徹底的に調べさせたところ、とんでもない事実が判明したのだ。

雪加の実母は前夫――雪加の父親と離婚後、とある資産家と再婚したが、その資産家はそれから間も無く事故死している。

雪加の実母は夫の莫大《ばくだい》な遺産を一人で相続した。しかし彼女もまた、雪加と帷が出会った頃に病死してしまうのだ。

雪加の実母に、一人息子である雪加以外の肉親は存在しなかった。つまり雪加には、母が受け継いだ資産家の遺産を、一人で受け継ぐ権利があったのだ。

だが、当時の雪加はまだ小学生である。かつての妻の急死と、その遺産の存在を最初に知らされたのは、法定代理人である父親の桐島だった。

未成年の雪加が成人するまで遺産を守るのが、桐島の本来の義務である。

しかし桐島は法定代理人としての地位を逸脱《いつだつ》し、雪加が相続すべき遺産を自分のために使い込んでしまったのだ。あろうことか、雪加には遺産の存在を秘したままで。

桐島と継母の高額な遊興費《ゆうきょうひ》は、雪加が受け取るべき遺産が源だったのだ。むろん横領罪《おうりょうざい》に当たるが、当の雪加が家族の中で孤立し、何の情報も与えられない状態では、発覚のしようが無かった。

しかし、どれだけ多くの遺産も、湯水の如く使い続ければいつかは底をつく。ちょうど帷が調査をさせた頃、遺産をほとんど使いきった桐島は、再び多額の金を得るべく画策していた。雪加自身には秘密で、高額の生命保険をかけていたのだ。

…今でも、想像するだけで身の毛がよだつ。そこへ帷が介入しなければ、雪加は早晩、事故を装《よそお》って殺されていたはずなのだから。

桐島が考えるほど、警察の捜査は甘くない。事故が事件だと判明すれば、保険金を手にするどころか子殺しの犯人として逮捕され、司直の裁《さば》きを受けただろう。…でも、たとえ桐島が死刑になっても、雪加は生き返らないのだから何の意味も無い。

帷は密かに、桐島に取引を持ち掛けた。雪加を殺して得るはずの保険金の倍額をくれてやるから、雪加を自分に寄越せと。

実際に札束を目の前で見せ付けてやったら、桐島はあっさり帷の誘いに乗ってきた。帷が何のために雪加を欲するのか、雪加がどんな目に遭わされるのか、一言も確かめずに。

これで妻に文句を言われずに済むし、聡志に私立中学を受験させてやれると無邪気に喜んでいた。帷の中で、最低最悪の屑だと認定された瞬間である。

……断じて、言い訳はしない。

桐島との密談から程無くして雪加を鳥籠に閉じ込めたのは、あくまで自分のためだ。雪加の羽を折り、手もとに置くことを、帷が望んだからだ。

それが結果的に、桐島の魔の手から雪加を隔離《かくり》することになったとしても。

——二年後、箱庭に放された雪加が、父親に連絡を試《こころ》みるのは織り込み済みだった。桐島は息子をけんもほろろにあしらい、雪加は更なる孤独の淵《ふち》に立たされた。

そこから今までの一年間は、桐島にとっては夢のような時間だっただろう。

何せ、元々疎《うと》んじている息子と一切の連絡を絶つ一方、聡志が雪加に時折メッセージを送るのを黙認しているだけで、まともに働くのが馬鹿らしくなるほどの金が帷から与えられるのだから。

実際、最近の桐島は仕事も辞め、妻と揃ってあちこちで豪遊ざんまいだった。今回の熱海もその一環だろう。…まさかそれが、我が世の春に終止符を打つことになるとは、夢にも思わなかっただろうが。

雪加が帷の手に戻ってきてくれた今、もはや桐島に利用価値は無い。

雪加を薬で眠らせている間に、帷は桐島をその罪に相応しい地獄へ突き落とすための準備を終えた。雪加が受け取るべき遺産を横領した証拠を揃え、弁護士に告発させたのだ。

桐島が慌てて帷に金を無心してきたのは、逃走資金を求めてのことだろう。帷が渡す金をその都度使い切ってきたあの男に、まとまった金は残っていない。

だが、これ以降、帷は決して桐島の要求には応じない。

帷に見捨てられた桐島が最終的に選びうる道は、なりふり構わず逃げ回った末に逮捕されるか、諦めて自首するか……家族を道連れに心中するか。いずれにせよ、雪加の心を踏みにじり続けてきた男には相応しい末路と言えるだろう。

雪加の継母に当たる妻も、異母弟の聡志も、生き残ったとしても今まで通りには暮らせない。横領犯の身内として後ろ指を指され、これまでとは比べ物にならないほど貧しい中、辛酸《しんさん》を舐めながら生きていくことになる。

特に聡志は雪加に懐《なつ》いていた分、衝撃も大きいだろう。兄の金を横領し、豪遊を続けてきた両親を、もはや親などと思えなくなるはずだ。

……そこまでして初めて、帷の溜飲《りゅういん》は下がるのだ。雪加を傷付ける者を、帷は絶対に許しはしない。

あの繊細《せんさい》で傷付きやすい心を、この手で守り続ける。大切に鳥籠に囲い、恐ろしいもの、醜いものは一切排除して。異母兄たちの暴力から初めて守ってもらったあの日、誓いを立てたように。

雪加の心さえ守られるなら…たとえ、この思いを一生、受け取ってもらえなくても…。

「……とば、り？」

胸の痛みに呑み込まれそうになった時、飽かず眺めていた頬が微かに震え、長い睫毛に縁取《ふちど》られた瞼が薄く開いた。とろんとした眼差しは、雪加が未だ夢と現《うつつ》の狭間をさまよっていることを示している。

だからだろう。布団の中の左手をこちらに伸ばし、帷の頬をそっと撫でたのは。

正気であれば、今の雪加はこんな真似など絶対にしない。最後に自《みずか》ら帷に触れてくれたのはもう、何年も前のことで…。

「ど…、して、…泣いてる、んだ…？」

「せ…、雪、加…」

「…泣く…、なよ…」

——僕が、付いてるから。

異母兄たちから助けられた時と同じ言葉。

……あの時には無かった、薬指の指輪の硬い感触……。

「ごめ…、んね、…雪加…」

「……」

「…ごめんね…、ごめんね。友達でいてあげられなくて…、ごめんね…」

再び眠りに落ちてしまった雪加の左手を、帷はぎゅっとかき抱く。

ごめんね、ごめんね、ごめんね……何度詫《わ》びても足りないのに。

「俺は…、嬉しいんだ…」

たとえ翼をへし折られ、どこにも行けなくなった末であっても、雪加がここに居てくれることが。…帷の宝物でもあるその心に、帷以外の傷を付けずに済んだことが。

「……嬉しくて……、嬉しくて、仕方が無いんだよ…」

今しか許されない贖罪《しょくざい》の言葉を紡《つむ》ぎ続ける帷を、偽りの青空に輝く太陽が照らし出す。

……お前を取り巻く全てのものが偽りだとしても、この心だけは本物だから。俺だけは絶対、傍を離れたりしないから。二度と、孤独になんてさせないから。

指輪越しの口付けを贈る帷の耳に、プログラムされていないはずの小鳥の鳴き声が微かに響いた。

鳥籠の扉は開いた

「…いいよ、雪加《せっか》。目を開けて」

耳朶《じだ》をまさぐっていた指が離れ、雪加はきつく閉ざしていた瞼を開いた。すかさず差し出された手鏡には、見慣れた己の顔と——その両耳を飾るピアスが映し出されている。

小指の爪の半分くらいの大きさのダイヤに、鎖《くさり》状に連《つら》ねた小さなダイヤを何本もぶら下げた、何とも豪奢《ごうしゃ》なピアスだ。天井のくり抜かれた窓から差し込む光を反射し、まばゆく輝いている。…値段は考えないのが無難だろう。

「綺麗だ。やっぱり雪加には、透明感のある石がよく似合う」

手鏡をテーブルに置いた帷《とばり》が雪加の項《うなじ》を撫でると、しゃらん、とダイヤの鎖が涼しげな音をたてた。間近で覗き込んでくる深い黒の双眸から反射的に顔を逸《そ》らせば、同じくダイヤを連ねたネックレスが胸元で揺れた。

「…気に入らないのか？」

「…どうしてこんなもの着けなくちゃならないのか、わからない」

そっぽを向いたまま唇を尖らせると、帷が離れていく気配がした。機嫌を損《そこ》ねたのかと不安にかられる前に、右足がふわりと持ち上げられる。

「あっ……!?」

振り返ったとたん、椅子に座った雪加の足元にひざまずく帷と目が合った。雪加の右足を恭《うやうや》しく持ち上げ、足首を飾るアンクレットに口付ける。

プラチナのチェーンから小さな涙型のダイヤが無数にぶら下がるそれもまた、ネックレスやピアスと同様、帷からの贈り物だ。雪加が歩くたび、しゃらしゃらと鈴のような音を響かせる。

「お前は俺の小鳥になったんだから、俺のものだという印をつけるのは当然だろう？」

「…と、帷…っ」

「それとも…」

ふとちらつかせた紅い舌を、帷は右足の親指に這わせた。びくんと跳ねる足首を押さえ、咥《くわ》えた親指に甘く歯を立てる。

「…雪加は、俺の印をつけるのは嫌？」

「あ、…あ、あっ…」

爪先《つまさき》から這い上がる電流めいた快感に蝕《むしば》まれながら、雪加はふるふると首を振った。異を唱《とな》える資格など、雪加には無い。自《みずか》ら手放してしまったのだ。左手の薬指に嵌《は》めた指輪が、動かぬ証拠である。

「そう。…じゃあ、そのピアス、喜んでくれてる？」

「う、……んっ、んぅっ、ん…！」

こくこくと何度も頷こうとして、甘ったるい悲鳴が喉奥《のどおく》から迸《ほとばし》った。震える親指をすっぽり咥え込み、帷は情欲に染まった瞳を細める。

「や、あ…、あ、あっ……」

みるまに熱を帯びていく肌が、雪加に絶望をもたらした。箱庭に放されていた一年間、自慰すらろくにしなかったのに、再び帷の手に落ちるや、いとも容易《たやす》く燃え上がる身体に戻ってしまったのだから。

舐め回しては甘嚙みを繰り返し、びくつく指の感触を堪能《たんのう》していた帷が、ちゅうっと強く爪先を吸い上げながら唇を離した。

「え……？」

思わず間抜けな声を漏らしてしまったのは、帷がそのまま立ち上がろうとしたせいだ。快楽に溺《おぼ》れつつある身体に——その中心で猛《たけ》るそこに、気付かないわけがないのに。

「どうしたの？　雪加」

そう問いかけたいのは雪加の方だ。中途半端に熱を孕《はら》んだまま放置されても、雪加は自分で慰めることも出来ない。排泄《はいせつ》以外でそこに触れることを禁じたのは、他ならぬ帷ではないか。

「帷……」

どうしてわかってくれないのか、と恨みがましく睨んでやれば、端整な顔に笑みが滲《にじ》んだ。一年の間にぞくりとするほどの艶を増したそれは、雪加の胸を甘く締め付ける。

「どこをどうして欲しいのか、言ってくれないとわからないよ」

だって見えないんだから、と悪びれもせずにうそぶき、帷は雪加の腰に纏《まと》わりつく薄い布地を指先で揺らす。

ジュエリーだけを身に着けさせられるのは嫌だ。せめて何か着させて欲しい——再び鳥籠に囚われてすぐ、雪加はそう必死に訴えた。一年間服を着て過ごしていたのに、またあの全裸よりも恥ずかしく心もとない格好を強《し》いられるなど我慢出来なかったのだ。

帷は最初こそ聞く耳を持たなかったが、雪加が何度も懇願《こんがん》するうちにしぶしぶ折れた。

しかし、雪加はすぐさま後悔する。帷が用意したのは、大事なところが全く守れていないショーツやレースをふんだんにあしらったベビードールやキャミソール、繊細な模様が編み込まれたストッキングなど…男の劣情を煽《あお》るためだけに存在するような、淫《みだ》らな下着ばかりだったからだ。しかも全てれっきとした男性用だというから、呆れてしまう。

悩んだ末、雪加は比較的おとなしいデザインのものを選び、身に纏《まと》った。たとえ死ぬほど恥ずかしくても、全裸にジュエリーだけよりは遥かにましだと思ったのだ。

今日も、裾《すそ》に幾重ものレースを縫《ぬ》い付けた純白のベビードールに、総レースのショーツを身に着けている。ベビードールは股間がぎりぎり隠れる長さだから、物欲しげに涙を流すそこは帷には見えないだろう。

……でも、帷なら見えなくたってわかるはずなのに……！

「俺に何かして欲しいのなら…見せて、雪加」

「…見せ、る…？」

「ちゃんと見せてくれれば、雪加のして欲しいこと、何でもしてあげられるよ？」

しれっと言い放つ帷を、引っぱたいてやれたらどんなにすっきりするだろう。

けれど今の雪加に、そんな余裕などあるわけがなかった。一度灯《とも》された官能の炎は全身に燃え広がり、すっかり敏感になってしまった肌を内側からじりじりと焼いている。鎮《しず》められるのは…帷だけだ。

「……っ、…」

唇をきつく噛みしめ、雪加はベビードールの薄い布地を両手でつまみ、そろそろと引き上げていった。

ろくに陽に当たらないせいで生白く、ほっそりとした太股《ふともも》が露《あら》わになるにつれ、帷の眼差しは猛々《たけだけ》しさを増していく。飢《う》えた獣に自らこの身を差し出すような真似など嫌でたまらないが、今更やめるわけにはいかない。

「…こ、…ここ…、…触って…」

さらけ出された股間から、雪加は目を逸らした。

先走りで湿っているだろうショーツを、ずり下げる必要は無い。ショーツはフロント部分が丸くくり抜かれ、性器が露出するデザインなのだから。はしたなく勃ち上がった肉茎《にくけい》も、先端から垂《た》れる雫《しずく》も、帷には丸見えのはずだ。

「…雪加…」

はあ…、と熱い息を吐く帷に眼差しで促《うなが》されるがまま、アンクレットに飾られた脚を開いて

いく。その間に素早く入り込み、帷は泣きながら震える肉茎に喰らい付いた。

「あん……っ！」

待ちわびていたのだと丸わかりの嬌声《きょうせい》は、自分のものだと信じたくないくらい甘かった。いい子いい子、とあやすように内腿《うちもも》を撫でられ、泣きたくなる。帷の身勝手な情欲に、染め上げられてしまったのだと突き付けられて。

「…あぁ…、あ、あっ、あ…」

ベビードールの裾を持ったまま、雪加は太股と喉を震わせる。ひっきりなしに喘《あえ》ぎを漏らす口を塞《ふさ》いでしまいたいけれど、それは許されていない。雪加の囀《さえず》りは、帷を愉《たの》しませるために存在するものだから。

「あ、やぁ…っ、帷、帷…っ」

柔らかな嚢《ふくろ》を揉まれながら先端を吸い上げられ、小さな穴を舌先で抉《えぐ》られる。弱いところを的確に突く愛撫が、脆《もろ》くなるばかりの理性を溶かしていく。

「あん、あっ、あぁ…、あ、やんっ」

レースの裾を持ち上げていた手が帷の頭に移り、己の腰に引き寄せるまで、さほど時間はかからなかった。白いシフォンに透け、上下する黒い頭の淫らさに、雪加は無意識に喉を鳴らす。

「あっ、あっ、帷…っ、そこ、いい…」

先端のくびれを強めに食《は》まれ、ひときわ甘い声が溢れると、もう歯止めはかからなかった。

大人気連載♥
巻頭カラー
春田
「運命の番がお前だなんて」
少しずつ距離が近づいていく二人の前に……!?
「ラブネスト」
ミニドラマCD
CAST 旭《あさひ》：川原慶久《かわはらよしひさ》×
匡人《まさと》：斉藤壮馬《さいとうそうま》
表紙もふろくCDも♥
南月ゆう
「ラブネスト 2nd」＋「ドラマCDアフレコレポートマンガ」
※デザインは仮のものです。
カラーつき大人気連載♥
影木栄貴×蔵王大志
「恋する絶滅遺伝子Ω」
オメガの先祖返りだと聞かされた岬《みさき》は……!?
カラーつき大人気連載♥
三池ろむこ×砂原糖子
「言ノ葉ノ花」
心の声が聞こえることを長谷部《はせべ》に知られたくない余村《よむら》だが!?
青丸夏々 ／ 青山十三 ／ 梅田みそ ／ 金井 桂 ／ 佐倉ひつじ×鳥谷しず ／ 志水ゆき
須坂紫那 ／ 瀬戸うみこ ／ たらふくハルコ ／ 夏目イサク ／ 並榎 雫 ／ 日ノ原 巡 ／ 松本 花
ドラマCDアフレコレポートマンガ&キャストインタビュー♪ 「セラピーゲーム」日ノ原 巡 リレーエッセイ「モエパラ☆」水稀たま
Dear+ ディアプラス 2020 3
恋愛至上主義★ボーイズラブマガジン!!
2.14 [Fri] ON SALE
毎月14日発売／CDつき特別定価・予価：本体790円＋税
表紙イラスト：南月ゆう ※予告は一部変更になることがあります。
希望者はもれなくもらえる♥全プレペーパー ※送料負担あり
DEAR+ Paper Collection：金井 桂

大人気連載再開！
スカーレット・ベリ子「ジェラシー」
表紙&巻頭カラー
林らいす
カラーつき★
カラーつき★最終回
「王子の熱に溶けるまで」
猫野まりこ
奇数月30日発売
2020 3
Chéri+ paper Collection：堀江蟹子
シェリプラス
Chéri+
極上の愛に酔うBLマガジン
NOW ON SALE
カシオ／楔ケリ／七瀬
麻々原絵里依(原作:J・L・ラングレー)
石原 理／小鬼36℃／うしの
さはら鉄／山田ノノノ／烏間ル ほか
ショートコミック 氷室 雫／堀江蟹子
イラストリレーエッセイ「萌えモノ語り」：彩月ユリィ
【特別定価】定価：本体690円＋税
SHINSHOKAN https://www.shinshokan.com/comic/
ディアプラス編集部Twitterアカウント @dear_plus_

ドラマティック&♥な、ボーイズ・ラヴ・ノヴェル!!
小説ディアプラス Dear+ フユ 2020 WINTER
COVER ILLUSTRATION：みずかねりょう
定価：本体750円＋税
希望者はもれなくもらえる♥書き下ろしフリーペーパー
第53回 一穂ミチ
独立新創刊記念号♥
大好評発売中！！
巻頭カラー♥
一穂ミチ×竹美家らら
「イエスかノーか半分か」番外篇「ふさいで」続篇登場!!
祝「イエスかノーか半分か」アニメ化決定!!!
カラーつき♥前篇
木原音瀬×カズアキ
「パラスティック・ソウル」新エピソード!!
カラーつき♥
久我有加×榊 空也
ご当地アイドル×市役所職員の年下攻ラブ♡
小林典雅×佐倉ハイジ
川琴ゆい華×陵クミコ
彩東あやね×木下けい子
砂原糖子×夏乃あゆみ
モノクローム・ロマンス新作
C・S・パキャット×倉花千花
「叛獄の王子」番外篇
第12回ディアプラスBL小説大賞発表
コミック
麻生海(原作・月村奎)
松本花
林らいす
萌え映画♥エッセイ
大木えりか×山田睦月
ちょっぴりオトナな電子書籍新レーベル Hakka+
毎月第1金曜日配信中!!
Hakka+編集部Twitterアカウント @hakkaplus
梅本ガチコ
奥田 枠
志水ゆき
長与エリ子
猫野まりこ
ミキライカ
夏目イサク
春頃より連載開始！

ディアプラス・コミックス2月の新刊　大好評発売中

映画「ギヴン」2020年春公開決定

©キヅナツキ・新書館／ギヴン製作委員会

STAFF

原作：「ギヴン」キヅナツキ

（新書館「シェリプラス」連載中）

監督：山口ひかる　脚本：綾奈ゆにこ

キャラクターデザイン：大沢美奈

アニメーション制作：Lerche

CAST

佐藤真冬…矢野奨吾、上ノ山立夏…内田雄馬

中山春樹…中澤まさとも、梶 秋彦…江口拓也

村田雨月…浅沼晋太郎

公式HP……………https://given-anime.com　｜　公式ツイッター……………@given_anime

ディアプラス・コミックス3月の新刊　3月2日発売

帷の口内で愛《め》でられる肉茎の脈動と、高鳴る心臓の鼓動が重なる。

「いいっ…、あ、あぁ…、いいよぉ…」

高らかに囀れば囀るほど、帷の愛撫はより濃密になり、雪加をとろとろに酔わせてくれる。だから雪加は鳴くのだ。くり抜かれた天井に広がる、どこまでも澄んだ蒼穹《そうきゅう》。地上からあまりに遠いあそこに、今なら届きそうな気がして。今や雪加の細い腰をしっかり抱え込み、性器を咥えて放さない男が、羽ばたきなど許してくれるはずもないのに。

「あ、……あ、あぁ……！」

すぼめた頬に扱《しご》かれ、強く吸い付かれた瞬間、限界まで張り詰めていた性器が弾《はじ》けた。迸る精液と共に、意識は急速に押し上げられる。四角い青空と同じ、遥かな高みへ。

……でも、それも束の間のこと。

「…雪加、可愛い雪加…」

腰を強く抱き込まれると同時に、雪加は引き戻されてしまう。いやらしい下着とジュエリーだけを纏わされ、親友と信じていた男に性器を弄《もてあそ》ばれているという、逃れられない現実に。

「や…ぁっ…」

「お前の中にも、俺の印をつけてあげる。どこに居たって、俺を感じられるように」

帷は弛緩《しかん》した身体を軽々と抱き上げ、ベッドに運ぶ。ショーツのバックに入ったスリットから蕾《つぼみ》に指を差し込まれ、今日はまだ一度も男を受け容《い》れていないそこを拡《ひろ》げられる感触に、雪加は一筋の涙を流した。

ことん、と小さな物音で目を覚ました時、広いベッドに横たわるのは雪加だけだった。耳朶のピアスをしゃらんと鳴らしながら寝返りを打てば、ベッドの傍《そば》に置かれたライティングデスクに頬杖《ほおづえ》をつき、うたた寝をする帷の姿がある。音をたてたのは、その足元に落ちたスマートフォンだろう。

……珍しいな。

眠っていてもなお秀麗な横顔に、雪加はまじまじと見入った。帷が無防備な寝顔を晒《さら》すのは、学生の頃――二人がまだ友人だった頃以来ではないだろうか。雪加の方が先に目を覚ますのに至っては初めてだ。

再び閉じ込められてからというもの、雪加が起きると決まって帷が幸せそうに微笑んでいた。最初の監禁が終わりを迎える頃、留守がちだったのが嘘のように、この男は雪加の傍を離れないのだ。

だからてっきり、以前よりは忙しくなくなったのかと思っていたのだが…そうではなかったらしい。デスクにはノートパソコンと、大量の書類が広げられている。鳥籠にまで仕事を持ち込まざるを得ないほど、多忙を極めているのだろう。

さもなくば、雪加の前で眠りこけた挙げ句、スマートフォンを落とすなどありえない。帷は雪加が外に出ることは勿論《もちろん》、外の情報を得ることすら忌《い》み嫌うのだから。

……そんなに忙しいのなら、僕なんて放っておけばいいのに。

時間の感覚はほとんど失ってしまったが、新たな鳥籠に閉じ込められてから短くても半月は経っただろう。

その間、帷が雪加の傍に居なかったためしは無い。食事を食べさせ、風呂で綺麗に磨《みが》き上げ、どろどろの交わりに溺れさせる。以前にも増して、雪加の世話を甲斐甲斐《かいがい》しく焼いている。自分のことは、全て後回しにして。

「……」

贈られたばかりのピアスをいじってみるが、案《あん》の定《じょう》外れなかった。ネックレスも、アンクレットもそう。雪加では外せないよう、特殊な構造の留金《とめがね》が用いられている。

ネックレスとアンクレットは、この部屋で初めて目覚めた翌日に贈られた。ピアスだけ遅くなったのは、一年の間に雪加のピアスホールが塞がってしまっていたからだ。薄い耳朶に帷自ら器具を使い、穴を空けた。ホールが安定するのを待ち、今日ようやくこのピアスをつけさせられたのだ。

…わかっている。値段を想像するのも恐ろしいジュエリーは全て、帷の所有物たる印…そして鈴代わりだ。そっと離れようとしても涼やかな音をたて、帷に雪加の居場所を教える…。

「……、…雪加？」

今もそうだった。連なったダイヤが雪加の耳元で小さな音を奏《かな》でたとたん、帷はぱちりと目を開け、こちらを勢いよく振り返る。

「……っ」

必死の形相《ぎょうそう》に雪加はびくりと肩を震わせるが、帷は深く息を吐き、眉間《みけん》の皺《しわ》を解いた。打って変わった安堵の表情が、雪加の胸を小さく疼《うず》かせる。

……僕がどこかに消えるとでも思っているのか？　この部屋の中ですら、自由に歩き回れないのに。

「…目が覚めたのか。すぐに食事にするから、少しだけ待っていてくれ」

頭を振りながら立ち上がって初めて、スマートフォンを持っていないことに気付いたらしい。帷は周囲を見回し、足元に落ちていたそれを拾い上げる。

「…えっ…？」

全身の気だるさも忘れ、雪加は思わず身を乗り出した。ぱっと点灯した画面に、懐かしい面影…異母弟の聡志《さとし》の顔が映し出されていたからだ。眉を顰《ひそ》めた帷はスマートフォンをすぐさまポケットに隠してしまったけれど、同じ家で育った弟を見間違えるはずがない。

「…どうして、お前が聡志の写真なんて持ってるんだよ」

嫌な予感しかしなかった。左手の薬指に輝く、帷と対《つい》の指輪——これを自ら嵌めることになったのは、聡志たちの命を盾《たて》に取られたせいだ。雪加が再び帷の小鳥になり、脱出など望めない以上、帷が聡志たちに関わる必要は無いはずなのに。

「雪加…」

「答えろ。…どうしてだよ⁉」

ベッドに膝立ちになり、雪加は帷ににじり寄った。胸の部分がチュールレースに切り替えられ、乳首がいやらしく透けるキャミソールに、いっそ紐《ひも》と表現するのが相応《ふさわ》しいショーツを穿《は》かされているのに気付いたが、羞恥《しゅうち》よりも不安の方が勝る。

「…特に意味は無いよ。熱海《あたみ》旅行の間に部下に送らせていたデータが、たまたま残っていただけだ」

根負けしたように帷は言うが、雪加は言下《げんか》に否定する。

「嘘だ。お前が必要無いものをいつまでも保存しておくわけがない」

「……」

「聡志や両親に、何か手出しをしてるんじゃないだろうな…？」

まさかとは思った。雪加は帷の手に落ちたのだ。もはや家族には、監視すら付けられていないだろうと。

けれど帷が唇を歪《ゆが》めた瞬間、悟《さと》ってしまった。あれほど雪加が懇願したのに、この男は家族に何かを…雪加には秘密にしておかなければならないような仕打ちをしたのだと。

「…何、したんだよ…」

のろのろと伸ばした手で、雪加は帷の胸倉を掴んだ。簡単に振りほどけるくせに、されるがままの帷が苛立ちに拍車をかける。

「聡志に…僕の家族に、何をしたんだよ…!?」

「——家族?」

暗くよどんだ眼差しに射られ、雪加は竦《すく》み上がった。とっさに引っ込めようとした両手を捕らえ、帷は指先に口付ける。

「新しい女の産んだ子どもばっかり可愛がるジジイと、義理の息子を無視して遊興《ゆうきょう》に耽《ふけ》る雌犬《めすいぬ》と、両親の異常さに気付きもせず溺愛《できあい》されるだけの馬鹿なクソガキの、どこが家族?」

「と、帷…っ…」

「あんな奴ら、俺の雪加には相応しくない。可愛い雪加の傍に居ていいのも、…雪加に思われていいのも、俺だけだ」

「あ……っ」

かぷり、と甘く噛まれた指先から、痺《しび》れにも似た快感が立ちのぼる。ひたと据えられた恐ろしいくらいまっすぐな双眸から、目を逸らせない。

……どうして、そんな顔するんだよ……。

隠しきれない疲労の滲む顔は、傲慢《ごうまん》な宣言とは裏腹の切ない表情を浮かべ、雪加を混乱させる。好き勝手に弄ばれているのはこちらなのに、まるで帷の方こそ傷付いているかのような。

「愛してる、雪加」

真摯《しんし》な告白は、毎日捧《ささ》げられても慣れることは無い。

「俺はお前を絶対独りにはしない。この部屋で叶うことなら、何でも叶えてあげる」

「う、…ぁ…っ」

「…だから、あんな奴らなんて忘れて。俺だけを思って。俺は雪加以外、何も要《い》らないんだから…」

きゅっと瞼を閉ざせば、錯覚しそうになる。二人は同じ大学に通う学生で、唯一無二の親友のままなんじゃないかと。

『雪加は独りなんかじゃない。俺が居るよ』

両親に溺愛される異母弟への嫉妬と劣等感に苦しめられるたび、帷は雪加を抱き締め、一緒に眠ってくれた。帷という親友が居なければ、雪加はどこかで道を踏み外していたに違いない。

…けれど、瞼を開ければ。

「…は…っ、雪加…」

欲望に目をぎらつかせた帷が、雪加をベッドに押し倒し、余裕の無い手付きで己のズボンの前をくつろげる。さらけ出された肉の刀身はすでに扱く必要も無いほど怒張《どちょう》し、反《そ》り返っていた。赤黒い切っ先から、大量の先走りを垂らして。

「い、…嫌っ…！　何で、何で…」

本能的な恐怖に襲われ、雪加はいやいやと首を振る。ほんの数時間前まで雪加を貪《むさぼ》り、薄い腹が膨《ふく》らむくらい精液を注いだばかりではないか。なのに何故、そんなに昂《たかぶ》っているのだ。まるでもう何日も、交わっていなかったかのように…。

「身体の中、俺だけになって。…心も、俺だけでいっぱいになって」

「や、あっ、やだぁぁ……！」

紐も同然のショーツは、軽くずらされただけで蕾を露わにしてしまう。ごくりと喉を鳴らした帷がばたつく両脚を荒々しく担《かつ》ぎ上げれば、激しく揺れるピアスと共に、アンクレットが場違いな澄んだ旋律を奏でた。

「い…、や、あああー…！」

拒む心を裏切り、帷の形を思い出した蕾は、猛り狂うものを従順に呑み込んでいく。ひときわ敏感なしこりを思う様擦り上げられ、紐状のショーツから露出した性器はぷしゅぷしゅと透明な液体を迸らせた。

慣れたくないのに馴染んでしまった潮を噴く感覚は、雪加には自己嫌悪しかもたらさないのに、帷を獣に変貌させる。

「…雪加…っ、…ああ、雪加…」

帷は雪加の脚を担いだまま、膝立ちになった。つられて浮き上がった尻に、ほぼ真上から容《よう》赦《しゃ》無く肉杭《にくぐい》を打ち込む。ジュエリーの奏でる旋律に、肉と肉がぶつかり合う音が混ざる。

「ひっ、あ、あんっ、あ、あ…」

「早く、受け容れて…お前には俺だけだって。お前に家族なんて、居ないんだって…」

「やあっ、やっ、あぁ……っ！」

シーツにきつく爪を立て、押し寄せる快感の波を必死にやり過ごそうとすればするほど、身体は熱を孕む。

しゃら…、しゃら、しゃらん…。

耳元から首筋から足首から、腰を打ち付けられるたび聞こえてくるダイヤの音色に、なけなしの理性が叩きのめされていく。帷の言葉を受け容れてしまえ、そうすれば楽になれると誰かが囁く。

……出来ない…そんなこと、受け容れられるわけがない。

この期《ご》に及んでまだ諦められないのだ。帷と、親友に戻ることを。たとえ当の帷が、一度として雪加を友人だと思ったことが無いとしても。

だって雪加には帷しか居ない。身の置き所の無い暮らしの中で、帷だけが支えだった。こんな…互いにわけがわからなくなるまで貪り合う関係なんて、望んだわけじゃない…！

「い……っ、ん、ああ…」

媚肉《びにく》を穿《うが》たれながらチュールレース越しに乳首を食まれ、雪加はのけ反った。ぷるんと揺れた肉茎からまた精液ではない液体が溢れ、白い腹を汚す。

……嫌だ、嫌だ、嫌だ。

中に出される悦楽を覚え、一滴でも多く搾《しぼ》り取ろうとうごめく媚肉も。帷の肩から下ろされるや、逞《たくま》しい律動を刻むその腰にしっかり絡み付き、より近くに引き寄せる脚も。…密着した肌の熱さにほのかな安堵を覚えてしまう自分も。

全部嫌なのに——追い詰められてしまう。帷だけがくれる、真っ白な絶頂に。

「あ、あ…、や、だぁぁ……！」

最奥《さいおう》に大量の精液をぶちまけられた瞬間、雪加は帷の頭をきつく抱き締めた。びくんびくんとひとりでに跳ねる身体の内側から、熱い粘液が染み込んでいく。

ちゅぷちゅぷと吸われる乳首がやけに疼くと思ったら、チュールレースは帷の歯で破られ、小さな肉粒を執拗《しつよう》にしゃぶられていた。紐同然のショーツはいつの間にか引きちぎられ、本当の紐と化して雪加の太股に絡まっている。もうこれらの下着は使い物にならないだろう。

でも、問題は無い。クロゼットには、数え切れないほどの新品の下着が眠っているのだから。

こうして毎日犯されたって、着るものに困ることは無い…。

「……あぁ……」

聡志の写真を保存していた理由も、両親にどんな仕打ちをしたのかも聞き出せていないのに、もはや理性も余裕も残されていない。

――兄ちゃん…、兄ちゃん……。

快楽に濁《にご》りゆく意識のどこかで、異母弟の心細そうな声が聞こえた。


深い眠りについた雪加の頬に口付け、帷はベッドを抜け出した。

久しぶりに交わった愛《いと》しい身体を抱き締めたまま、自分も眠ってしまいたいのは山々だが、やらなければならないことが多すぎる。雪加以外の何がどうなろうと構わないのに、雪加をこうして安全な鳥籠に閉じ込めておくには、雪加以外にも積極的に関わらざるを得ない。何とも皮肉な話である。

「帷様。お疲れ様です」

二重の生体認証をクリアし、一階の応接間に下りると、ソファでタブレットを操作していた坂本《さかもと》がすかさず立ち上がって礼をした。この邸《やしき》に常駐し始めて二ヵ月も経てば、帷の呼び方もだいぶなめらかだ。

「ガキの体調はどうだ？」

「先ほど、藤田《ふじた》医師から報告がありました。熱は下がり、快方に向かいつつあるそうです。医師が言うには、極度のストレスによる発熱ではないかと」

打てば響くような返答に、帷は眉を顰め、革張りのソファにどさりと腰を下ろす。

「…ストレスだと？　ずいぶん打たれ弱いガキだな」

「それは……」

何か反論しかけ、坂本は結局口を閉ざした。

そう、それでいい。まだ十四歳の子どもが無邪気に慕《した》っていた両親を失い、その悪行《あくぎょう》を容赦無く突き付けられ、周囲に白い目を向けられた挙げ句、暴力団に拉致《らち》されてしまったのだ。ストレスを感じるのは当たり前などとほざこうものなら、半殺しにしてやるところだった。

部下に命じ、ガキ――雪加の異母弟、聡志を拉致させたのは半月ほど前のことだ。

その更に一月前、すなわち雪加を取り戻して半月が経った頃。雪加の実父である桐島《きりしま》は、妻子を道連れに心中を図《はか》った。自殺の名所と呼ばれる断崖絶壁から身を投げたのだ。期待していた帷から逃走資金を得られず、逮捕されるよりは家族共々死んだ方がましだと短絡的に思い詰めたらしい。

桐島とその妻…雪加の継母《ままはは》が死に、聡志だけが生き残ったのは、薬で眠らされていた息子を道連れにするのを、桐島が最後の最後で躊躇《ためら》ったせいだ。桐島を監視させていた部下の報告だから、確かである。

桐島たちの監視だけを命じられていた部下は、夫婦の身投げを見届けた後、帷の判断を仰《あお》いできた。すぐに警察を呼んでやるよう命じたのは、断じて慈悲などではない。…聡志に、生き残ったことを後悔するほどの地獄を見せてやるためだ。

聡志は何も知らなかった。異母兄が受け取るべき遺産を、父親が横領《おうりょう》していたことも…自分が今まで何不自由無い裕福な暮らしを送れたのは、そのおかげだったことも。

だから子どもは悪くない、親の罪の報《むく》いを子が受けるのは間違っている——などと人道的に考えるような善人なら、帷は樋代《ひしろ》組を掌握《しょうあく》する前に死んでいるし、そもそも雪加を庇護《ひご》する資格は無い。

「許せるものか……」

あの甘ったれた子どもが両親に溺愛され、ぬくぬくと暮らしていた頃、雪加は同じ屋根の下で孤独に震えていたのだ。聡志と両親の仲睦まじい姿を見せ付けられるたび、繊細な心はずたずたに切り裂かれ、悲鳴を上げていたに違いない。帷が寂しげな雪加を抱き締め、独りじゃないと慰めたのは、一度や二度ではないのだから。

…両親に道連れにされるのなら、それで手打ちにしてやるつもりでいた。わざわざ軀《からだ》を引き上げ、切り刻んでネズミの餌《えさ》にするのまではやめてやろうと。

けれど聡志は生き残った。…生き残ってしまった。帷にとっても雪加にとっても、最悪の形で。

身勝手極まりない上に歪んでもいるが、共に死のうとするのも愛情なら、生きていて欲しくて置き去りにするのも愛情だ。自分にはとうとう与えられることの無かったそれが、異母弟には最後まで与えられたのだと知れば…雪加は、どんなに悲しむことか。

だから帷は決めたのだ。聡志には、雪加を悲しませてきた報いを受けさせると。警察に聡志を保護させたのは、その始まりだ。

聡志は駆け付けた警官によって病院に搬送され、ほどなく回復したが——退院後に待ち受けていたのは、周囲の冷たい視線だった。桐島たちが長男のものになるはずだった資産を横領し、贅沢《ぜいたく》ざんまいの暮らしを送り、逮捕されそうになったとたん自殺した事実は派手に報道され、知れ渡っていたからだ。勿論、マスコミを裏から操《あやつ》ったのは帷である。

両親が受けるべき非難と蔑《さげす》みは、そのまま聡志に集中した。

さすがに面と向かって罵倒《ばとう》する者は居なかったが、横領した金で私立中学校に通い、高価なブランドの服を纏い、両親と共に贅沢な生活を謳歌《おうか》していたのだとそこかしこで陰口を叩かれては、十四歳の子どもの心は耐えきれなかっただろう。友人たちに見捨てられ、親族の誰にも引き取ってもらえなかったことも、孤独に拍車をかけたはずだ。

——そうして、心が完全に折れそうになった聡志を拉致したのが半月前。

それまでの間、帷は聡志に最後の地獄を見せるべく、精力的に動き回っていた。そのせいで雪加の傍を離れる時間が増え、薬で眠らせる回数が増えてしまったのは口惜しいが、それだけの甲斐はあったと思っている。

何せ……。

「…よし。想像通り、石野《いしの》の爺《じじい》は食い付いたな」

坂本が差し出したタブレットを確認し、帷は唇を吊り上げた。

表示された一覧表に並ぶのは、代議士の石野を始め、少年趣味の持ち主として裏社会では名を知られた変態ばかりだ。特に石野は苛虐嗜好《かぎゃくしこう》でも有名で、ハードなプレイが売りの店でも入店を断られるほどである。

石野には及ばずとも、その手に落ちたが最後、極限まで苦痛と屈辱を味わわされるであろう最悪の面子《メンツ》が揃っている。

あとは聡志の回復を待つだけだ。雪加の悲しみと憂《うれ》いを晴らしてやれると思うだけで、心が浮き立つ。勿論、お前を苦しめた両親は自ら死を選び、異母弟も地獄に送ってやったとは明かせないけれど…。

「…帷様。本当によろしいのですか？」

黙って背後に控えていた坂本が、堪《こら》えきれないとばかりに問いかけてきた。肩越しに冷たい眼差しを投げれば、厳《いか》つい顔に微《かす》かな怯《おび》えを滲ませるが、引き下がったりはしない。

「その少年は、じゅうぶんすぎるほどの報いを受けたと言えるでしょう。これ以上追い詰めるのは…」

「……憐れだとでも言うつもりか？」

この俺の前で？　と質《ただ》す前に、身体が動いていた。

素早く身を起こし、坂本のネクタイを引っ張る。母親譲りの整った顔に、この一年で纏うようになった殺気を漂わせて。

「…帷様のなさることに、反対などいたしません。ただ私は、雪加様がこのことを知られれば悲しまれるのではないかと思っただけです」

「……」

「雪加様は優しい御方です。ご自分のせいで弟が酷《こく》な目に遭えば、心を痛められるに違いないと…」

ぐいとネクタイを引かれ、坂本は口をつぐんだ。触れ合う寸前まで顔を寄せ、帷は低く声を這わせる。

「――間違えるな。あのガキは雪加のせいで地獄に落ちるんじゃない。雪加を悲しませた報いを受けるだけだ」

「…と、帷様…っ…」

「雪加がガキの末路《まつろ》を知ることも無い。雪加は死ぬまで外に出ず、ここで暮らすんだからな」

坂本はなおも何か言いたげにしていたが、口に出すほど愚かではなかったようだ。いいな、と念を押せば素直に頷いたので解放してやった。

「一週間後までにはガキを回復させるよう、藤田に伝えておけ。…会場の準備は？」

「…、ご希望通りのものを押さえました。人員の方も、滞《とどこお》り無く」

「そうか。よくやった」

生ごみにも劣る両親や、兄を食い物にしてきたガキを雪加が未だ家族と呼ぶたび苛立つけれど、これで帷もだいぶ心穏やかになれるだろう。あとは最高の舞台を演出してやるだけだ。

帷は最後まで気付かなかった。

——思案に耽る自分を、坂本が不安そうに見詰めていたことに。


澄んだ青空を、名前も知らない鳥が渡っていく。

雪加《せっか》が見上げる時、くり抜かれた空はいつも快晴だ。時折雲がかかることはあるが、雨空に遭遇したことは無い。おそらく、帷に抱き潰され、深い眠りに落ちている間に雨雲は通り過ぎてしまうのだろう。

……帷も、寝ている間に居なくなってくればいいのに。

雪加は嘆息《たんそく》し、ふわふわのソファに身を沈めた。全身を柔らかく受け止めてくれるこのソファは、雪加がゆっくり空を眺められるようにと、帷が最近贈ってくれたものだ。いやらしい下着だのジュエリーだの、要《い》らぬ贈り物ばかり寄越す中で、珍しく気に入っている品だ。

雪加がこうして起きているのに、帷が傍《そば》に居ないのは珍しい。ついさっきまで雪加を膝に乗せて執拗《しつよう》な悪戯《いたずら》を仕掛けていたのだが、坂本《さかもと》に呼ばれ、出て行ってしまったのだ。よほど重要な案件が舞い込んだのだろう。

「…今日も、聞けなかった」

家族にどんな仕打ちをしたのか。聡志《さとし》の写真を目撃したあの日からずっとことあるごとに問い質《ただ》しているが、答えは未だ得られずにいる。のらくらかわされるうちに肌を暴《あば》かれ、快楽に呑み込まれてしまうのだ。

でも、諦めるわけにはいかない。雪加にはどこまでも甘いから時折忘れそうになるが、帷はこの国屈指《くっし》の暴力団の組長の息子なのだ。一般人の一家を消すことくらい、容易《たやす》いはず。

……聡志……。

両親はともかく、あの無邪気な弟がつらい目に遭わされているかと…もうこの世に居ないのかもしれないと思うと、胸騒ぎが止まらなくなる。共に暮らし、心を分かち合う相手を家族と呼ぶのなら、雪加の家族は聡志だけだったのだ。…たとえ、両親の愛情を独占され、嫉妬せずにはいられなかったとしても。

何とかして帷の口を割らせなくてはならない。でも、どうやって……？

「――雪加様」

「ひゃ…っ…!?」

ふいに間近で低い声がして、雪加はソファからずり落ちそうになった。

トレイを捧《ささ》げ持った男が心配そうに見下ろしているのに気付き、膝にかけていたブランケットを慌てて首元まで引き上げる。以前はジュエリー以外何も纏《まと》わない姿を晒《さら》していたのだから、今更だとは思うが、扇情的《せんじょうてき》な下着姿を帷以外に見られたくはない。

「驚かせてしまい、申し訳ありません。…帷様から、こちらをお持ちするよう命じられましたので」

一礼する男が坂本という名前であることを教えられたのは、つい先日のことだ。最初に閉じ込められた時は最後まで名前すら知らないままだったから、帷としては待遇を改善したつもりなのかもしれない。

それにしても、坂本はどうしたのだろう。滅多《めった》に感情を乗せることの無い顔は心なしか青ざめ、トレイの上のティーカップは微《かす》かに震えている。雪加のみっともない姿に、呆れてしまったのだろうか。

「…僕こそ、気付かなくてすみません。あの…帷はどうしたんですか?」

「急用が入り、外出されました。今夜は戻れないので先に休んでいるように、とのことです」

「え……」

帷が起きている雪加を置いて外に出るのは、初めてのことだ。雪加より優先される急用とは、一体どんな用件なのか。

――兄ちゃん……。

項《うなじ》がちりっと痛むのを感じながら、雪加はティーカップを受け取った。ベルガモットの香りを吸い込み、紙のように薄い白磁《はくじ》に唇を付けようとした瞬間、坂本は雪加の手首を引っ掴む。

「いけない…！」

「……っ？」

大きく傾《かし》いだティーカップから溢れた褐色《かっしょく》の液体が、ソーサーに広がった。受け止めきれなかった分が僅《わず》かにブランケットに零《こぼ》れるや、坂本はぱっと雪加を解放し、懐《ふところ》から取り出した真新しいハンカチで小さな染みを拭《ふ》く。

「…も、申し訳ありません…！　今すぐ医師を呼んで参ります！」

「お、落ち着いて下さい。かかったのはブランケットですから、僕は熱くも何ともないですよ」

それなりに長い付き合いなのに、この男がこれほど取り乱すところを見るのは初めてだった。

ティーカップを傍のテーブルに置き、戸惑う雪加に、坂本は首を振る。

「雪加様は帷様からの大切な預かりものです。帷様がいらっしゃらない間、一筋でも傷を付ければ、私は死をもって償《つぐな》わなければなりません」

「…そんな…」

息を呑む雪加の脳裏《のうり》に、雪加の気に入る食事を用意出来なかったからと、坂本を容赦《ようしゃ》無く痛め付ける帷の姿が過《よ》ぎった。帷なら確かに、たとえ故意ではなかったとしても命を奪いかねない。

けれど、それ以上に気になるのは坂本だ。今すぐ医師を呼んでくると言いながら、いっこうに出て行こうとしない。

忙《せわ》しなくドアを窺う目に滲《にじ》むのは、恐怖…いや、躊躇《ためら》い…？

「…どうしたんですか？　こんなことをするなんて、いつもの貴方《あなた》らしくもない」

「雪加様…」

「何か、僕に伝えたいことがあるんじゃないですか？」

それは勘に過ぎなかったが、当たっていたようだ。拳《こぶし》を握っては開くのを繰り返していた坂本は、やがて中身が半分ほど残ったティーカップを指差す。

「…その紅茶を飲めば、貴方は丸一日眠り込むことになります」

「え…っ…？」

「そしてその間に、貴方の弟さんは帷様によって地獄に落とされるでしょう」

「……！」

ブランケットが床に落ちるのも構わず、雪加はがばりと立ち上がった。

「弟は…聡志は、帷に捕まっているんですか？　地獄に落とされるって…」

「落ち着いて下さい、雪加様。順を追って説明いたしますので」

詰め寄る雪加を再びソファに座らせ、坂本はひざまずいた。

ごく自然に視線の高さを合わせてくれるのは、以前と変わらない。前も思ったが、身近に小さな子どもが居るのかもしれない。

「まず、お伝えしておかなければなりませんが…雪加様のご両親は二ヵ月ほど前に亡くなりました」

「は……？」

坂本の言葉の意味が、まるで理解出来なかった。健康そのものだった両親の死も、それが二ヵ月も前だということも。

雪加が再び閉じ込められてからまだ一月《ひとつき》も経《た》っておらず、一月前、両親は確かに生きていたはずだ。熱海《あたみ》の旅館で家族仲良く旅行を楽しむ映像を、他ならぬ帷に見せられたのだから。

背筋を冷たいものが這い上がってきた。自分と坂本との間に、何か致命的な齟齬《そご》が生じている。

「こちらを」

坂本の私物だろうスマートフォンを見せられ、雪加は我が目を疑った。液晶画面に表示された日付は、雪加が海で帷に捕まったあの日からゆうに二ヵ月近く経過していたのだ。

「何で……？」

呆然とする雪加を痛ましそうに見遣り、坂本は説明してくれた。帷が不在の間、雪加は薬を投与《とうよ》され、眠り続けていたのだと。

「貴方の世界を、ご自分一人だけで染め上げるためでしょう」

「…っ…、そんなことまでしなくたって、僕と関わるのは帷だけじゃないですか…」

「帷様のお心は私如《ごと》きにははかり知れませんが、組長を襲名されて以来、帷様は多忙を極めておいでです。雪加様の傍を離れざるを得なくなる時間も増え、不安を覚えられたのかもしれません」

「く、組長…!?」

一年前、鳥籠を急襲した帷の父親…勇剛《ゆうごう》は生気に満ち溢れ、まだまだ引退などしそうになかったはずだ。勇剛に何かあっても、正妻腹《せいさいばら》の二人の兄が居る。そんな状況でどうやって、組長の座を獲得出来たというのだ?

この件だけじゃない。勇剛がかつて目論《もくろ》んでいた政治家の娘との婚約がどうなったのかも、未だ不明のままだ。

誰よりも傍に居て、肌まで重ねていながら、知らないことが多すぎる。初めて鳥籠に閉じ込められるまでは、互いの全てを晒し合っていたのに。

……本当に、そうなのか?

心の奥底から、疑問が湧き上がってくる。

……最初に閉じ込められた時、帷は約束を破った雪加が悪いのだと言っていた。でも、本当にそれだけが理由だったのだろうか?

帷は雪加を友達だと思ったことなど無いという。けれど、それまでに帷が雪加にくれた優しさの全部が偽りだとは思えない。…こんなことになった、今でも。

——知りたい。

いや、知らなくてはいけないのだ。ただ空に焦《こ》がれ、帷に与えられる快楽を享受《きょうじゅ》するだけでは、一生この鳥籠からは逃げられない。そんな気がする。

「…両親は、何故死んだんですか？」

ごくんと唾《つば》を飲み込んでから問えば、雪加の雰囲気の変化を感じ取ったのか、坂本はやや意外そうに目をしばたたいた。

「詳しい状況は、私の口からは申し上げられませんが…弟さんを置いて、二人とも自《みずか》ら命を絶ちました」

「自殺…？　あの人たちが？」

つい先日までは楽しそうに笑っていた二人がこの世には居ないことよりも、自殺という手段の方に雪加は驚いた。悲しみはほとんど湧いてこない。我ながら薄情だが、死なれて嘆《なげ》くほどの愛情をかけられなかったのだから仕方無いと思う。

派手に金を使い、人生を謳歌《おうか》してきた両親がどうして自殺したのか。何故坂本はここまで話しておいて、理由だけを明かそうとしないのか。どちらも雪加にはわからない。

だが、たった一つ明らかなことがある。

帷のスマートフォンに表示されていた、聡志の写真――。

「…生き残った聡志を、帷がさらったんですね」

「はい。…そして今日、弟さんはオークションにかけられようとしています」

ただのオークションではない。樋代《ひしろ》組を始め、国内外の闇組織が参加する闇のオークションだ。取り扱われるのは盗品の美術品や宝石、違法な薬物や武器類など、正規のルートでは売りさばけない品々ばかりだが、中でも目玉商品は――生きた人間だという。

「優《すぐ》れた外見の男女を、性奴隷《せいどれい》として好事家《こうずかか》に競《せ》り落とさせるのです。権力者には、表に出せない趣味の持ち主も多いですから…」

「…じゃあ…、聡志も…」

聡志は容姿だけは良かった継母に似て、アイドルのように整った顔立ちの可愛らしい少年だ。否定して欲しかったが、無情にも坂本は頷いた。

「帷様が人脈を活用し、最悪の客ばかりを集められました。弟さんを競り落とすのは、おそらく代議士の石野《いしの》になるはずですが…」

今まで何人もの少年たちを購入し、さんざんなぶった末、成長すれば用済みとばかりに他所《よそ》へ売り払ってしまうのだという。そうして『転売』された少年たちの行方は杳《よう》として知れないのだと聞かされ、雪加は蒼白になる。

「どうして、聡志をそんな目に…！」

聡志は帷に何もしていない。そもそも面識すら無いのに、何故そこまで酷《ひど》い仕打ちを受けなければならないのか。

「おわかりになりませんか?」

「…は…?」

予想外の問いにきょとんとしていると、坂本は小さく首を振り、部屋の外に出て行ってしまった。怒らせたのかと不安になったが、すぐさま大きな紙袋を手に戻ってくる。

「今すぐそれに着替えて下さい」

「着替えって…」

渡された紙袋からは、ダークブルーのスーツ一式とシャツ、ネクタイが出てきた。男物の下着と靴下、革靴まで揃っている。

「オークションの会場…帷様のもとまでお連れします。今ならまだ、間に合うかもしれません」

「…まさか、僕をここから出してくれるんですか?」

もしや自分は今、薬を打たれ、深い眠りに落ちているのではないだろうか。帷に絶対服従の坂本が、こともあろうに雪加を鳥籠から連れ出そうとするなんて。

「出たくないとお思いですか?」

「そうじゃなくて…! 僕を外に出したら、貴方は帷に…」

「ええ。おそらく、殺されるでしょうね」

あっさり肯定され、さっと血の気《け》が引いていった。命を懸《か》けてまで、坂本が自分を助けてくれる理由は何なのか。いくら考えてもわからない。

「貴方のためではありませんよ」

雪加の疑問を見透かしたように、坂本は呟いた。だが、ならば何のためなのかと尋ねる時間は与えず、くるりと背を向ける。

「さあ、もう時間がありません。早く着替えを」

「……は、はい」

躊躇《ためら》いつつも、雪加は着替え始めた。頭の中は疑問だらけだが、迷っている暇は無い。

……帷……。

恐怖と戦っているだろう聡志よりも、地獄を作り出そうとしている男の方が気になってたまらなかった。

坂本が密かに用意した車に乗り込むまでは、驚きの連続だった。

きちんとした服に身を包むことに違和感を覚えたり、ずっと裸足《はだし》でいたせいで靴を履《は》いて歩くのに難儀したり…だが、何よりも驚いたのは、ここが高層マンションの上層階ではなかったことだろう。

深い森に囲まれた邸宅は、都内にこそあるものの、以前閉じ込められていたマンションからはかなり離れているそうだ。部屋の窓に液晶パネルを嵌《は》め込み、空と都心の風景を映すことで、雪加の目を欺《あざむ》いていたのである。

帷が何のためにそんなことをしていたのか、やはり坂本は黙して語らなかった。雑談の類《たぐい》は一切せず、ハンドルを操《あやつ》りながら必要事項だけを淡々と助手席の雪加に説明していく。

「オークションの会場は、港区のとある港に停泊する客船です」

一見、富裕層向けの豪華客船だし、実際に一般客も乗せているが、選ばれた者しか入れないエリアの最奥《さいおう》では闇のオークションが開催されているのだという。

本当は真夜中からの予定だったのだが、樋代組組長である帷が自《みずか》ら出品した少年目当てに客が殺到し、急きょ開催を早めなくてはならなかったらしい。帷が雪加を置いて出て行ったのは、その連絡が入ったせいだったのだ。

「出品なんて…まるでモノみたいですね」

「それでも、まだこのオークションは良心的な方です。臓器の売買は禁止されていますから」

主催者によっては、臓器を摘出《てきしゅつ》するのが前提のオークションが開催されることも多いらしいが、だからと言って性奴隷として売られるのが良心的だと表現するあたり、坂本も極道の男なのだろう。そして帷は、坂本のような男たちの頂点に立つ長なのだ。

……組長になってたなんて……。

俯《うつむ》いた雪加の耳元で、ダイヤのピアスがしゃらんと揺れた。ネックレスやアンクレットは服の下に隠せたが、ピアスはどうやっても外せなかったのでそのままにせざるを得なかったのだ。

坂本が言うには、オークションには華やかに着飾った客たちが集まるし、身元が割れないよう仮面の装着《そうちゃく》が義務付けられているので問題無いそうだが…。

……お前は僕に、何を隠しているんだ？　どうして、聡志をそこまで惨《むご》い目に遭わせようとする？

考え事に耽《ふけ》る間にも、車は道路を飛ばし、車窓《しゃそう》を流れるのは見覚えのある都心の景色に変わっていく。そこから更に湾岸方面にハンドルを切った坂本が車を停めたのは、青い海原に何艇《てい》ものヨットやクルーザーが浮かぶマリーナの一角だった。駆け寄ってきたスタッフに車を任せると、雪加を奥の埠頭《ふとう》に案内してくれる。

そこに係留《けいりゅう》されていたのは、小振りなマンションほどありそうな客船だった。大きさといい、装飾の豪華さといい、周囲の船とは一線を画している。タラップを上っていくのも豪奢《ごうしゃ》な衣装に身を包んだ、裕福そうな乗客ばかりだ。

「では雪加様、打ち合わせ通りに」

「……はい」

雪加は頷き、坂本を従えて歩き出した。微かに鼻先をかすめた梔子《くちなし》の匂いを、首を振って追い払う。

……落ち着け。大丈夫だ。帷は絶対、ここには来ない。

雪加を鳥籠に閉じ込めた男は、この客船の最奥に巣食う闇に君臨し、聡志を変態に売り飛ばそうとしているのだから。懸命に平静を装《よそお》い、タラップを上がる。

「ようこそおいで下さいました。招待状を拝見いたします」

エントランスに差し掛かると、制服姿のスタッフが恭《うやうや》しく出迎えてくれた。柔らかい物腰は、坂本が差し出した招待状を確認したとたん鋭《するど》さを帯びる。

「…失礼しました。ご案内させて頂きます」

「どうぞ、こちらへ」

スタッフの合図で現れた黒服の男が、雪加たちを他の乗客たちとは違うエレベーターに導いた。懐《ふところ》から取り出したカードキーを操作パネル下部のスリットに差し込むと、エレベーターは音も無く動き始める。階数表示は一階のままだが、足元の感覚からして下りているようだ。

しばらくしてドアが開くと、先に降りた男が顔の上半分を覆《おお》うタイプの仮面を坂本と雪加にそれぞれ手渡した。

雪加は蝶《ちょう》が翅《はね》を広げたような形に大きなコサージュをあしらった華やかなデザインで、坂本は飾り気の無いシンプルなものだ。車の中で打ち合わせた時には無理があると思ったが、雪加がお忍びの主人、坂本がそのお目付け役という設定は、どうやら通じているらしい。

「ここから先は、決してその仮面を外されませんように。もし外して何らかのトラブルが発生した場合は、お客様ご自身で対応して頂くことになりますので」

念を押す男に、雪加は無言で頷いた。応対は基本的に坂本に任せ、可能な限り喋《しゃべ》らないよう警告されたのだ。どこから帷に勘付かれるか、わからないからと。

雪加がすべきは、なるべく目立たず会場内を移動し、帷のもとまで辿り着くことだ。そして何とか帷を説得し、聡志の番が来る前に出品を取り下げてもらう。それ以外、もはや聡志を救う方法は無いと坂本は言うが、果たして雪加の言葉が帷に届くのだろうか。

二人きりのあの鳥籠の中でさえ、二人の会話はほとんど成立しなかった。交わすのは欲情混じりの喘《あえ》ぎと吐息だけ。起きている間、常に身体のどこかを愛撫されていては、まともな思考すら叶わなかったけれど――。

エレベーターを降りた先は、細長い通路に繋がっていた。大人二人が並ぶのがやっとの細さは、万が一警察に踏み込まれた際の備えなのだろう。ここで捜査員の突入を食い止める間に、客たちは別の経路から逃げるのだ。

仮面をつけ、坂本と共に男の先導で通路を進む。やがて現れた両開きの重厚な扉を押し開き、男は深々と腰を折る。

「では、モルフェウスの夜をお楽しみ下さいませ」

――モルフェウス……？

初めて耳にした言葉を、聞き返す暇も無かった。扉の向こうに踏み込んだとたん、異様としか言いようの無い空気が雪加を呑み込んだからだ。

本当に船の中なのかと疑いたくなるほど広々としたホールを、無数のシャンデリアの灯《あか》りが照らしている。贅《ぜい》を尽くした料理の並んだテーブルの間を泳ぐように行き交う客は、とりどりの仮面をつけ、そちこちで笑いさざめいていた。

それだけなら、きらびやかな光景に見蕩《みと》れて終わりだっただろう。えずきそうになってしまったのは、ホールの中央に設置されたステージ――そこで繰り広げられる光景を目の当《ま》たりにしたせいだ。

「ひ…っ、嫌…、やめてぇっ…」

まだ十代だろう美しい少女が裸に剝《む》かれ、屈強《くっきょう》な男に背後から抱き上げられている。その白い脚は大きく開かされ、露《あら》わにされた無垢《むく》な秘所を男性客たちがグラス片手ににやにやと覗き込んでいた。

「さあ、両親の借金のかたに売られたこの可哀想な少女に、救いの手を差し伸べて下さる紳士はいらっしゃいませんか？　この美貌で、なんとまだ処女ですよ！」

泣きじゃくる少女の傍で道化師の仮面をつけた司会者が声を張り上げると、男性客の一人が野次を飛ばす。

「本当に処女なのか？　見ただけじゃあわからないぞ！」

「ご安心下さい、お客様。お望みでしたら、落札前でも処女かどうかお確かめ頂けます。勿論《もちろん》、お代は頂きますが…」

周囲の客たちが次々と金額を叫び、一番高額をつけた小太りの男性客が権利を勝ち取った。下卑《げび》た笑みを浮かべ、ステージに上がる。

「嫌っ、来ないで！　誰か…誰か助けて！」

泣き叫ぶ少女を、誰も…女性客たちですら助けようとしない。粘《ねば》り気を増す空気。小太りの男性客は少女の股間に顔を近付け、そして——。

「…雪加様」

無意識にステージに駆け寄ろうとしていた雪加の肩を、坂本が摑んだ。静かに首を振られ、ぐっと拳《こぶし》を握り込む。

……そうだ。他人を助けている場合ではない。

一刻も早く帷を探し出し、聡志を救わなければならないのだ。さもなくば、聡志はあの少女と同じ運命を辿ることになる。

「…帷がどのあたりに居るか、わかりますか？」

少女の悲鳴に耳を塞《ふさ》いで尋ねると、坂本は左上に目線をやった。

よく見れば、フロアの上方が何か所かせり出し、ボックスシートになっている。ちょうどステージを真正面から見下ろす位置にあるシートが最も大きく、他のシートは全て同じサイズだ。

巧みに高さを計算したのか、フロアからボックスシートの中の様子を窺うことは出来ない。

「正面が主催者用の席です。帷様は今回の主催者ですから、あそこにいらっしゃるはずです」

他のシートは、主催者から特別に招待された客や、高額の席代を支払ったＶＩＰに回されるそうだ。聡志を競り落とそうとしている代議士の石野も、どこかのシートに居るのだろう。

「二階席へはＶＩＰ以外入れませんが、警備の責任者は私の舎弟《しゃてい》です。私が話をつければ、帷様のもとに通してくれるでしょう」

「…僕を、連れて行ってくれますか？」

「勿論です。参りましょう」

「いやぁぁぁぁあっ……！」

踵《きびす》を返す坂本の後を追いかけようとした時、今までとは比べ物にならないほど大きな少女の悲鳴が響いた。

男性客の上ずった喘ぎに、もっとやれと囃《はや》し立てる楽しそうな声が、雪加の胸をぎりぎりと締め上げる。もしあの少女が聡志だったら、とうてい見捨てて逃げることなど出来ないだろうに――。

「…これは夢です」

前を向いたまま、坂本はぽつりと呟いた。

「全てはモルフェウスが見せた夢。夢の中で何が起きようと、貴方が責任を感じる必要はありません」

モルフェウスとは、夢を司《つかさど》る神の名前だそうだ。ここで起きる出来事は全て夢。この空間を出てしまえば無かったことになる。だからこそ招待客たちは良心も理性も忘れ、欲望に忠実な獣になれるのだという。

――モルフェウスの夜をお楽しみ下さいませ。

雪加も一夜の夢を楽しめと、黒服の男は言っていたのだろう。

けれど雪加には、この悪夢を堪能《たんのう》することなど出来そうにない。これから向かう先で待ち受ける男こそ、悪夢を作り出した張本人なのだ。


二階席に上がる階段はどう見ても堅気《かたぎ》ではない男たちに警護されていたが、坂本が責任者らしい男と話すとあっさり通してもらえた。雪加が思っていたより、組内での地位は高いのかもしれない。彼らにしてみれば不審者でしかないはずの雪加も、誰何《すいか》すらされず二階へ上がれたのだから。

二階の廊下には金と赤のカーペットが敷き詰められ、白い扉が並んでいる。高級感溢れるインテリアは一流ホテルのようで、猥雑《わいざつ》な空気に満ちた一階フロアとは別世界だ。

金の装飾が施《ほどこ》された扉の前で、坂本は立ち止まった。

「まず私が行き、帷様を呼んで参ります。雪加様はこちらでお待ち下さい」

「…僕も一緒に行った方がいいのでは？」

「いえ…帷様のもとには、招待客が挨拶に訪れているかもしれません。帷様は雪加様がご自分以外の男の目に触れることを、ことのほか嫌われますので…」

会場ホールを突っ切った上、警護の組員たちにも目撃されているのだから今更だとは思うが、雪加は素直に従った。隣の扉が荒々しく開いたのは、坂本が去り、ずれかけていた仮面を直そうとした直後のことだ。

「…先生、お待ち下さい！」

「ええい、うるさい！　やっと始まったと思ったら、延々と小便臭い小娘どもばかり出しおって…一言文句をつけてやらねば、気が済まんわ」

「……あっ！」

ろくに前も見ず向かってきた男を、避けるのは不可能だった。たっぷり肉の付いた身体に正面からぶつかられ、雪加は尻餅《しりもち》をつく。

「うん？　……何だ、お前は」

わずらわしそうに見下ろしてくるのは、三日月のオブジェをあしらった、金色の仮面をつけた男だった。

たるんだ体型や禿《は》げ上がった頭からして、若くはないだろう。高級そうなスーツを纏ってい
るが、仮面の隙間から覗く双眸《そうぼう》は不健康に黄ばんで濁《にご》り、不穏な光を放っている。

「…っ…」

思わず身震いすると、ほう、と男は感嘆したように声を漏らした。肥えた背を屈《かが》め、雪加の顎《あご》を掬《すく》い上げる。

「多少とうが立っているが、なかなかそそるじゃないか。よしよし、儂《わし》に買われたくて来たんだな？」

「えっ…」

いやらしく頬を撫で回され、雪加はやっと気付いた。ぶつかられた衝撃で蝶の仮面が外れ、素顔を晒してしまっていることに。

会場内で素顔を晒しているのは、オークションに出された『商品』だけだ。

つまりこの男は――。

「…や、やめて下さい！　僕は商品なんかじゃありません…！」

売り物と勘違いされているのだと悟った瞬間、猛烈な嫌悪感に襲われ、雪加は男の手を払いのけた。

壁際に転がっていた仮面を拾い上げようとするが、その前に手首をひねり上げられる。

「痛っ……」

「このあばずれが…、少し優しくしてやれば付け上がりおって…！」

強い力でぎりぎりと容赦無く締め上げられ、涙が滲んだ。痛みを感じるなんて、どれほどぶりだろう。帷の鳥籠に閉じ込められてからこちら、与えられたのは快楽と、泥のように深い眠りだけだった。

「…いけません、先生！　その方は本物のゲストです！」

血相《けっそう》を変えて割り込んだのは、男の背後でいたたまれなさそうにしていた青年だった。灰色の仮面からはみ出た頬を強張《こわば》らせ、震える指で床に落ちた蝶の仮面を指す。

「あぁ？　どうせどこかで誰かをたらしこんで、盗《と》ってきたんだろうよ」

男は微かに怯《ひる》んだものの、傲慢《ごうまん》に吐き捨て、雪加を引き寄せようとした。仮面が取れそうな勢いで首を振り、青年が食い下がる。

「二階席には、VIPか主催者の関係者しか入れません。ここに上がって来られたということは、その方も…」

「儂と同じか、あの親殺しの身内だとでも言うのか？」

そんなはずないだろう、と男が鼻先で嗤《わら》おうとした時だった。どんっ、と落雷《らくらい》のような音をたて、金の装飾が施された扉が開いたのは。

「……っ…」

一目で一流品だと知れるダークスーツを着こなし、何人もの強面《こわもて》の配下を従えた帝王の如き男の姿に深い安堵を覚えてしまい、雪加は戸惑った。

だって、顔の右半分を覆う黒い仮面をつけていたって間違えようが無い。そこに居るだけで無意識に腰が疼《うず》いてしまうような男なんて、帷以外に存在するわけがないのだから。

雪加の言葉をことごとく無視し、鳥籠に仕舞い込んだ男に、何故…。

「——石野先生。そこまでにして頂きましょうか」

低い声が這うや、雪加は目を見開き、金の仮面の男はぎくりと凍り付いた。

……この男が、石野だったのか……。

聡志に最悪の苦痛を味わわせるために招待された、最悪の変態。そんな男に目を付けられるところだったのだ。

竦《すく》み上がる雪加を、帷は容易《たやす》く石野の手から奪い返し、腕の中に閉じ込める。啞然とする石野に、雪加が誰のものか見せ付けるかのように。

「とば…」

開きかけた唇は、落ちてきた帷のそれに封じられた。重なっていたのはほんの数秒なのに、解放されても何も喋れない。…仮面の奥で凍える黒い双眸と、いつもより濃厚な梔子の匂いに搦《から》めとられて。

「ご覧の通り、これは私のものですので」

「…あ、…っ…」

しゃら、とピアスを指先でかき鳴らされ、背筋がぞくぞくと震えた。帷に身体を貪《むさぼ》られる間、ダイヤのジュエリーが奏《かな》でる旋律は、官能に結び付けられてしまっている。

「…だ…、だが、それは仮面もつけずにふらふらしていたのだぞ。最初に手を付けた者が所有者になるのが、決まりではないか！」

帷の発散する殺気に呑まれかけていた石野が、己を奮い立たせるように喚《わめ》いた。

あっ、と雪加は声を上げそうになる。仮面を渡された時、トラブルが発生したら自分で責任を取るよう言われたのは、こんな場合も指していたのだろう。

正式な招待客であろうと、仮面を失えば商品に成り下がってしまうのだ。そのルールを利用し、招待客同士が争うことも珍しくないに違いない。

今回の主催者たる帷は、ルールを熟知しているはずだが――。

「くくっ……」

肉食獣が喉を鳴らすように笑い、雪加のネクタイを緩《ゆる》めると、シャツのボタンを引きちぎった。露《あら》わにされた喉元…ダイヤのネックレスに飾られたそこに、石野の目は釘付《くぎづ》けになる。

「ならばやはり、これは私のものですね。これを初めて鳴かせ、首輪を嵌《は》めたのは私ですから」

「…やっ、あぁ…」

わななく喉《のど》から零《こぼ》れる甘い悲鳴は、帷の言葉が真実だと証明しているかのようで、雪加は羞《しゅう》恥《ち》に震えた。直接愛撫されたわけでもない。ただジュエリーをつけた肌を晒されただけで熱を

帯びるほど、この身体は帷に染まってしまったのか。

……ここは、鳥籠じゃないのに！

帷の配下たちは平然と佇《たたず》んでいるが、男に愛でられる姿を見られていることに変わりは無い。

まさかほんの一瞬でも、あの鳥籠に戻りたくなる日が来るなんて。

「先生には、極上の商品をお約束したでしょう？　あれは正真正銘の手付かず、性奴隷用の調教も施していませんから、まっさらの状態です」

「…だが、さっきから出て来るのは小娘ばかりではないか」

気を引かれたのか、強ばっていた石野の表情が僅かに和《やわ》らいだ。

……極上の商品って、聡志のことか……⁉

やめてくれ、と声を上げようとしたのを見計らったように、唇を掌《てのひら》で覆われた。艶めいた笑みを浮かべる帷が、悪魔に見える。

「この期《ご》に及んで反抗するので、支度に少々手間取りましてね。ですが、そろそろステージに出せそうだと先ほど連絡がありました」

「おおっ…」

「あと五分ほどで開始されるでしょう。…お席にお戻り願えますね？」

「勿論だ。期待しているよ！」

喜色満面の石野は何度も頷き、意気揚々と自分の席に引き上げていった。その後を灰色の仮面の青年が慌てて追いかけてゆき、廊下はしんと静まり返る。

「——俺が呼ぶまで、誰も入るな」

居並ぶ配下たちに冷たく命じ、帷は雪加を抱え上げた。配下の一人がすかさず開けた扉をくぐり、奥に進む。

主催者用だけあって、ボックスシートの中は豪華の一言だった。

雪加が学生時代に住んでいたワンルームより確実に広い空間に、大人が四人はゆったりとくつろげそうな革張りのソファとオットマン。大輪のカサブランカが飾られたテーブルには手付かずのオードブルとアルコールのボトルがずらりと並び、小型のワインセラーまで備え付けられている。階下の喧騒《けんそう》も、ここまではほとんど上がってこない。

正面の壁にもたれ、うずくまる人影に、雪加の目は吸い寄せられた。着ていたスーツはあちこち破れ、俯《うつむ》いてぴくりとも動かないが、あれは——。

「さ……」

坂本さん、と呼びかけることは出来なかった。ソファに下ろされ、帷にのしかかられたからだ。

梔子の匂いが、不可視の檻《おり》となって竦む身体を包み込む。

「——どうして、外に出た」

「…、帷…」

「俺が作った鳥籠を出て、どうして俺以外の男に姿を見せた？　…誘惑した!?」

びりびりと空気を震わせる怒声が悲鳴のように聞こえたのは、半分露出した帷の顔が泣きそうに歪《ゆが》んでいたせいだろう。異母兄たちの理不尽な暴力を甘んじて受けていた、幼い頃のように。

だから雪加は、燃えたぎる黒い双眸に呑み込まれずに済んだのだ。

「…お前が、悪いんだろ…」

「……、雪加？」

「僕を嘘だらけの邸に閉じ込めて、知らないうちに二ヵ月近く経ってて、父さんたちは死んでいて、おまけに聡志を変態に売ろうとしてるって？　…ふざけるなよ…お前、何考えてるんだよ…！」

言っているうちに遣《や》り場《ば》の無い怒りと悲しみがごちゃ混ぜになり、ぼろぼろと涙が溢れる。何もかもが癪《しゃく》に障《さわ》った。帷のものとして扱われ、押し倒されている状況も…怒気を引っ込め、おろおろと自分を見下ろす帷も。

……どうして、そんな顔するんだよ。

それじゃあまるで、親友だと信じていた頃の帷みたいだ。両親に疎《うと》まれ、泣く雪加を抱き締めて慰めてくれた、あの頃の。

……お前は、僕を友達だなんて思ってなかったのに……。

「…雪加…、俺は…」

「帷……？」

「俺は…、お前の……」

長い睫毛《まつげ》を苦悩に歪め、帷は何度も口を開いては言いよどむ。一体、何を告げようとしているのか。

「――さあ、紳士淑女《しゅくじょ》の皆様！　大変長らくお待たせいたしました！」

固唾《かたず》を呑んで待つ雪加の耳を、大音量のＢＧＭと歓声がつんざいた。斜め前の壁に設置された大型モニターに、灯りを落とされたホールと、まばゆくライトアップされたステージがぱっと映し出される。

「これより本日のプレミアムステージを開始させて頂きます。オープニングを飾りますのは、まだあどけなさの残るこの少年！　主催者が自信を持って出品する逸品《いっぴん》でございます！」

スポットライトを浴びた司会者が、猫足のアンティークチェアに座らされた少年を示した。フリルを大量にあしらったゴシック調の衣装を着せられ、血の気の引いた顔には薄化粧を施されているが、あれは――。

「…さ…、聡志…っ！」

口走るや、チッと舌打ちの音と共に、半分隠れていてもなお端整な顔が迫ってきた。逃げる間も与えられず、荒々しく唇を奪われる。

「……っ、…ぅ…！」

もがく手には帷の指が絡められ、ばたつく脚の間には逞《たくま》しい腰が割り込み、抵抗はことごとく封じられた。視界の端にちらつくモニターが…そこに映し出されるステージが、雪加を追い詰める。

一見、ただ座らされているだけの聡志だが、よくよく見れば後ろ手に縛られ、背中から伸びる赤いロープの先端を監視役の黒服が握っていた。少年らしい張りのある頬は薄化粧越しにも淡く染まり、心持ち前屈みになった腰はもじもじと小刻みに揺れている。まるで、帷にもどかしい愛撫を受ける時の雪加のように。

……あれは、まさか……！

「…大丈夫。前に雪加に使ったのと同じ、ただ気持ち良くなるだけの薬だから」

存分に雪加の口内を犯し、ようやく解放してくれた帷が、濡れた唇をねっとりと舐め上げた。ひゅっと息を呑む雪加の耳と、はだけられたシャツの胸元で、ダイヤがきらめく。

……あの薬を、聡志に？

昂《たかぶ》りかけた身体が、一気に冷えていった。初めて男に犯される苦痛さえ強烈な快楽にすり替えた薬を、まだ少年の聡志に使ったというのか？

「な、…何て酷《ひど》いことを…っ」

「――酷い？　これは慈悲だよ」

胸元のダイヤを指先で弄《もてあそ》びながら、帷は雪加の細い喉をなぞり上げる。

「あの変態は、初めてだろうと容赦はしない。相手が痛がれば痛がるほど燃え上がる、嗜虐心《しぎゃくしん》の塊《かたまり》だから」

冗談だろう、と笑い飛ばすことは出来なかった。聡志が抵抗するせいで支度が遅れたと聞いた石野は、ひどく嬉しそうに笑っていたのだから。

「…聡志を、ステージで乱暴させるつもりなのか？」

「競り落とした商品をどう扱おうと、所有者の自由だ。…すぐに持ち帰るのも、ゲストたちの前でお披露目《ひろめ》をするのも」

性奴隷としてのお披露目――それも行うのが帷に変態と断言される石野なら、絶対にろくなものではない。聡志は衆人環視《しゅうじんかんし》の中、囃《はや》し立てられながら、父親よりも年上だろう男に犯される。まだ、女の子との恋愛も経験していないのに…。

「…やめて…、やめさせてくれ…！」

雪加はたまらず帷のジャケットを摑んだ。聡志がステージに出されてしまった今、助けられるのは帷しか居ない。

「……どうして？」

だが、帷に雪加の思いは欠片《かけら》も通じない。取り付く島も無いとはこのことだ。ぞくりとするほど冷たい笑みが、半分だけの顔を彩《いろど》る。

「あんなクソガキ、俺の雪加が庇《かば》ってやる価値なんて無い。変態の玩具《おもちゃ》になるのがお似合いだ」

「何で…、何でお前、そこまで聡志を嫌うんだよ…話したことすら無いくせに…」

「むしろ、嫌う要素しか無いと思うけど？ ……ああ、ほら」

見てごらん、と帷がモニターをしゃくってみせた。自分の席に戻ったはずの石野が、いつの間にかステージに上がっている。

まさかもう、競り落とされてしまったのか——？

呆然とする雪加の前で、石野は司会者から恭しく渡された鞭《むち》を振りかぶる。

「…うわあぁぁっ！」

「聡志……！」

跳ね起きようとした雪加を、帷がしなやかな四肢《しし》で押さえ込む。

だから雪加は、なすすべも無く見守るしかなかった。興奮しきった石野に、弟が何度も鞭打たれる残酷な光景を。

まだ競り落とされたわけではなく、ステージ上でのプレイの権利を買っただけだと帷に教えられても、安心など出来るわけがない。抵抗すら許されず、聡志は悲鳴を上げ続けているのだから。

「ああっ……、…あ、あっ…」

絶え間無く響いていた悲鳴に甘いものが混じり始めるまで、さほど時間はかからなかった。

恐怖に見開かれていた双眸はとろりと蕩《とろ》け、戸惑いに揺れている。

雪加をソファに縫《ぬ》い止めたまま、帷は呟いた。

「…始まったな」

「……？」

「薬で敏感になった肌を、プレイ用の鞭でさんざん打たれたんだ。あのクソガキは今、男が欲しくてたまらないはずだ」

そうやってじわじわと快楽に染め、獲物の方から犯して欲しいとねだらせるのが石野の常套《じょうとう》手段なのだという。薬が切れるまで焦《じ》らし、正気が戻ってきた頃を狙って犯し、苦痛と羞恥を味わわせるのだ。

……そんな目に遭わされたら、聡志は……！

「帷っ…」

やめさせてと懇願《こんがん》しかけ、雪加は寸前で言葉を飲み込んだ。自分がやみくもに縋《すが》れば縋るほど、帷は頑《かたく》なになると直感したからだ。

……なら、どうすれば……？

絶望しかけた時、ぱっと閃《ひらめ》くものがあった。家族を消さなかったご褒美《ほうび》が欲しいと帷にねだられた時、苦肉の策で頬に口付けたら、帷は予想を遥かに上回る勢いで喜んだ。こんなご褒美がもらえるのならどんなお願いだって叶えてあげる、とまで言い出したほどだ。

愉悦《ゆえつ》に目を細め、モニターに見入る帷は恐ろしい。下手を打てば、聡志は今すぐにでも石野の手に落とされてしまうかもしれない。

でも――これ以外、もう方法は無い。

「…とば、り」

手足を封じられていても、間近にある頬に口付けるのは簡単だった。はっとこちらに向き直った帷が何か言う前に、雪加は口を開く。

「お願い…。聡志を、助けて」

「せ…、雪加…」

「お願い、お願い、お願い…」

ぎゅっと握り返した手は微かに震え、黒い双眸は困惑と喜びに揺れていた。無防備な頬に、雪加は何度も唇を押し付ける。ダイヤのピアスを、しゃらしゃらと鳴らして。

「……何故、お前は…っ…」

ぎりっと帷が歯を軋《きし》ませた時は、失敗したのかと思った。だが帷は雪加の手を解放するや、ジャケットの胸ポケットからスマートフォンを取り出し、何度か素早くタップする。

「…おっと？　お客様、申し訳ありませんが離れて下さい！」

すぐさまステージで動きがあった。司会者の宣言に合わせ、黒服たちが石野から鞭を奪い取る。

「な、何をする!?」

「申し訳ありませんが、乱入がございましたので」

食ってかかる石野に司会者がしれっと答えると、ステージを取り囲む人垣がどよめいた。あの驚きようからして、乱入はかなり珍しいようだ。

「…どこの誰だ？　儂に歯向かう愚か者は」

「ルールですので明かせません。プレイの続行をご希望でしたら、入札《ビッド》をお願いいたします」

「ぐぬっ……、では、プラス百だ！」

石野は指を一本ぴんと立てるが、司会者は無言で首を振る。二本、三本と指が増やされ、司会者が首を振るたび、ホールにざわめきが走る。

「…な…、何…？」

何が起きているのかわからない雪加の喉笛を、スマートフォンを苛々と脇に投げた帷が舐め上げた。

「俺が乱入したんだよ」

「…あ…っ…、乱入って…？」

「先に入札したゲストに、それよりも高い金額で競りかけること。闇のオークションに、表の地位への忖度《そんたく》なんて無いからね。当然、より高額を付けたゲストが優先される」

とは言え、石野がＶＩＰであることは周知の事実なので、同じ商品が欲しくても普通は誰も競りかけたりしない。仮面はあくまでゲストの証《あかし》――ここで起きたことは決して口外しないという同意の印に過ぎず、受けた恨みを表の世界に持ち越される可能性はゼロではないからだ。石野のような下種《げす》であれば、尚更。

石野が再び聡志をいたぶりたいのであれば、司会者の言う通り、帷が提示したよりも高額を入札するしかない。帷の入札額は司会者しか知らないため、石野は帷を上回るまで金額を吊り上げていくことになる。

「うう……、では、これなら文句は無いだろう！」

とうとう石野は掌を司会者に突き付けた。指五本…五百万円だ。司会者は芝居がかった大げさな仕草で両手を広げ、どこからか取り出したベルをからんからんと鳴らす。

「乱入者、破れたり！　商品は再びこちらの紳士に渡りました！」

「おおおおおおっ！」

熱狂した招待客たちがステージに乗り上がらんばかりに詰め寄り、聡志はびくんと大きく身体を震わせた。

薬で半《なか》ば理性は失われつつあっても、恐怖が消えて無くなったわけではないのだ。平凡な少年があんな目に遭わされて、どれほど恐ろしい思いをしているか。

――兄ちゃん……。

「…帷…、…ねえ、お願い…」

ズームアップされたモニター越しに弟の懇願が聞こえ、雪加は自由になった手を帷の首に回した。帷が再び乱入してくれれば、きっと聡志は石野の辱《はずかし》めを受けずに済む。

ただ、それだけのためのはずなのに――。

「雪加……」

口付けられた頬を恍惚《こうこつ》に染め、そっと抱き締めてくる帷に、胸が甘く疼《うず》いた。…帷の腕に抱かれて恐怖と戸惑い以外の感情を覚えたのは、どれほどぶりだろう。かつてこの腕の中は、一人ぼっちの雪加にとって、唯一安らぎを感じられる聖域だったのに。

「帷、……ねえ……」

するりと絡めた脚で、帷の引き締まった腰をそっと蹴《け》ってみる。うっすら開いた唇に吸い付きながら。

「っ……」

獣めいた息を漏らし、帷はスマートフォンを引き寄せた。画面も見ずにタップすると、ステージで司会者が歓声を上げる。

「――何と何と、ここでまた乱入だあ！　これは熱くなってきたぞ！」

「なっ、何だと!?」

今しも鞭を振るおうとしていた石野が真っ赤になって司会者に掴みかかろうとするが、黒服に阻止《そし》されてしまった。再び入札か取り下げかを迫られ、怒りと屈辱に身悶《みもだ》えしながら入札額を上乗せしていく。しかし帷は相当の高値で乱入したらしく、石野の入札はなかなか成立しない。

最初の金額が幾《いく》らだったのかは不明だが、上乗せした額だけでも一千万円近くは使ったはずだ。しかも対象は聡志の身柄ではなく、あくまでステージ上でのプレイの権利である。

普通ならここで引き下がってもおかしくないのに、予想外に競りかけられたせいですっかり箍《たが》が外れ、意地になってしまっているのだろう。乱入者…帷が引くまで、決して諦めないに違いない。

「…あぁ…っ、…帷ぃっ……」

だから雪加は帷の広い背中に縋り、昂った股間を自ら擦り寄せる。あくまで聡志を助けるためなのだと、己に言い聞かせながら。

……帷が、昔の帷みたいだからじゃない。もっと触って欲しいからでも、見て欲しいからでもない……！

「……はぁっ、雪加…っ…」

口付けだけで硬くなったそこをまさぐり、帷はたまらないとばかりに雪加のズボンをくつろげた。下着越しに握られたとたん、目の奥でちかちかと白い光が幾つも弾ける。

「あぁ…っ…、あ……」

達したのだと理解したのは、下着を性急にずり下げられ、濡れた肉茎《にくけい》を直接握り込まれた後だった。物欲しそうに喉を上下させる帷は、きっと肉茎をしゃぶり、滴《したた》る蜜《みつ》をじかに味わいたいのだろう。

そんなのは嫌だった。――自分だけを見ていて欲しかった。

「…せつ、…か?」

おぼつかない手付きでダークスーツのネクタイを緩め、シャツのボタンを外していく雪加を、帷は驚愕も露わに見下ろしている。初めて鳥籠に監禁されて以来、雪加の方からここまで積極的に動くのは初めてだから当然だろう。

帷の視線を独占している。一挙一動に注目されている。その事実と階下から立ちのぼってくる熱狂が、雪加をいっそう大胆にさせる。

「……今度は、一緒にいって」

耳元でねだってから伸び上がり、突き出た喉仏に柔らかく噛み付いた。びくん、と小さな振動が伝わってきた直後、帷は己の股間のものを取り出し、雪加の肉茎に重ね合わせる。

「あ…っ…、熱い……」

蕾《つぼみ》を貫《つらぬ》かれ、腹の奥で出される時よりもずっと熱くて、雪加は帷にしがみついた。焼かれてしまいそうで怖いのに、熱を孕む逞しい長身に縋らずにはいられない。

「…熱いの? 雪加…」

「ん…、…んっ、んんっ」

もっと熱くして欲しい？　と耳の穴を舌先でほじくり返されながら吹き込まれ、雪加は夢中で頷いた。ダークスーツ越しに爪を立てれば、ぺろりと耳朶《じだ》を舐め上げる音と共に、帷は一緒に握り込んだ二本の性器を扱《しご》き始める。

「…あっ、ああっ、あ……っ、帷、…帷…」

「雪加…、…可愛いよ、雪加…」

大人と子どもほど違う帷と自分のそれが擦《こす》れ合い、帷の大きな掌に揉《も》みしだかれる様を思い描くだけで、腰がきゅんきゅんと疼いた。しゃら、しゃら、とダイヤのピアスが煩《うるさ》いくらいに鳴っている。いつの間にか、雪加が自ら腰を振りだしたせいで。

「あ……ぁ、あっ、…ああ…っ…！」

ほんの数度扱かれ、互いの脈動を溶け合わせただけで、二本の性器はほぼ同時に弾けた。雪加の腹を犯す時のように腰を揺らしながら、帷は己の吐き出した濃厚な精液を雪加の肉茎に擦り付けていく。

「…は…ぁっ…、あ……」

――俺のものだ。

言葉よりも雄弁《ゆうべん》な双眸には狂おしい光が宿っているのに、不思議と怖くなかった。互いの服越しに染み込んでくる体温が、昔と変わらず雪加を包んでくれるから。

「……帷ぃ…」

ねだるように喉を鳴らせば、強く抱き締めてくれるところまで昔と同じで、じわりと涙がこみ上げる。

……帷、お前…僕に何を隠してるんだ？

雪加を偽りだらけの鳥籠に閉じ込めたのも、両親の死を黙っていたのも…聡志を闇オークションに出品したことさえ、何か事情があるのだと思えてならなかった。…そう、雪加には決して知られてはいけないような。

「…僕は…、お前が、好きだよ…」

ダークスーツの肩口に顔を埋《うず》め、しゃくり上げながら訴える。狂気と偽りに満ちた鳥籠を出た今なら——雪加がこれまで秘めていた胸の内を明かせば、帷も真実を教えてくれそうな気がして。

「…こんなことをされても、お前を、嫌いにはなれなかった。僕の傍に居てくれるのは…居て欲しかったのは、お前だけだったから」

「……雪加……」

弱々しく呟き、どこか恐々と雪加の髪を撫でていた手に、ふいに力がこもった。上向かされた顔を、怒りと不安の入り混じった形相《ぎょうそう》が覗き込んでくる。

「…甘い言葉で俺をたぶらかして、クソガキを助けさせる気か？」

「えっ……」

「それとも…俺を骨抜きにした後、坂本を使って逃げるつもりなのか？」

……どうして、そうなるんだ!?

声にならない非難を聞き取った帷が、唇に皮肉を滲ませる。

「だって…そうでもなければ、雪加が俺を好きだなんて言ってくれるわけがない」

「…帷…、どうしてそんな、おかしいことを…」

「おかしい？　…おかしいのは雪加の方だ。どうして俺なんかを、嫌えずにいられる？　お前の嫌がることばかりしてきた俺を…繊細《せんさい》で傷付きやすいお前が…」

一瞬、当てこすられているのかと思った。繊細だの傷付きやすいだの、自分には縁の無い言葉だったから。

けれど苦悩に歪んだ帷の顔は真剣そのもので、雪加は信じざるを得なかった。帷の目には、雪加が強い風にでも当てれば弱って死んでしまうほど弱々しい、小鳥か何かのように映っているのだと。毎夜執拗に抱き、雪加がそんな弱い生き物ではないと確かめているだろうに。

……だから、なのか？

外界から隔絶《かくぜつ》された鳥籠に、雪加を閉じ込めたのは。…いや、閉じ込めたというのは雪加の認識であって、帷としては保護したつもりだったのかもしれない。傷付きやすい雪加を、何物からも守るために。

『おわかりになりませんか？』

坂本は帷が聡志につらく当たる理由に気付いていたようだったが、ひょっとしてこのことに関係があるのだろうか。雪加を連れ出したのが、主人たる帷のためだとしたら…。

「…僕は、お前が思っているほど弱くも繊細でもないよ、帷」

「違う。お前は…」

「聞いて、帷。確かに、お前から見れば僕はどうしようもないくらい弱く、頼りないのかもしれない。…でも、お前に目隠しをしてもらって、つらいこと全てから逃げたいとは思わない。たとえお前以外、誰も僕を大切に思ってくれなかったとしても」

雪加はよろよろと手を伸ばし、硬直する帷の腕を掴んだ。振り払われるのが怖くて、きつく握り締める。

「僕をあそこに閉じ込めたのも、両親の死を黙っていたのも、聡志をあんな目に遭わせるのも…何か、理由があるんだろう?」

「――違う…！　俺がやりたいからやったんだ。お前が愛おしいから…お前を、俺だけのものにしておきたかったから…」

「っ…、いい加減にしろよ……！」

積もりに積もった怒りが弾け、雪加は無茶苦茶に首を振った。帷が唐突の反抗に怯んだ隙に、厚い胸板を突き飛ばす。

「何度言えばわかるんだよ。僕はお前に後生大事に守ってもらわなくちゃならないほど、弱くなんてない！」

「…雪加、お前…」

「…僕は知りたいんだ、帷。どうしてお前が…友達でもない僕に優しくしてくれたお前が、こんなことをするのか。じゃないと僕はもう、おとなしくお前の鳥籠には戻れない…！」

見開かれた黒い双眸に、きつく帷を睨み据える自分が映っている。痛いくらい激しく脈打つ心臓が、今にも喉奥から飛び出してしまいそうだった。たとえ鳥籠の外でも、その気になれば帷は簡単に雪加をねじ伏せることが出来るのだ。

けれど、退《ひ》くわけにはいかない。ここで帷の狂気に呑まれたら、きっと一生後悔することになる。

「……帷、様……」

ヒートアップする一方の階下の歓声に、かすれた声が混じった。ばっと振り返れば、腹を押さえた坂本が、苦痛に呻《うめ》きつつも起き上がろうとしている。

「…どうか…、雪加様に、話して差し上げて下さい。さもなくば貴方は…、永遠に雪加様の心を、手に入れられない…」

「…黙れ…」

「本当に、…このままで良いのですか？　雪加様は決して、弱くはない。つらい現実にも、立ち向かっていける御方です…」

「……黙れ、黙れ黙れ！」

帷は咆哮《ほうこう》し、獲物を発見した獣の如く坂本に襲いかかった。横っ面《つら》を何度も殴打《おうだ》し、再びカーペットに沈んだ坂本の腹に、容赦の無い蹴りを叩き込む。

「お前に雪加の何がわかる⁉　俺と雪加の、何が……！」

「…や…っ、やめて、帷！　やめて！」

雪加は転がるようにソファから下り、帷の腰にしがみついた。坂本はされるがまま、何の防御もしようとしない。このままでは本当に死んでしまう。

「雪加は俺の可愛い小鳥なんだ。…俺が守ってやらなければ死んでしまう、儚《はかな》い小鳥なんだ…！　お前はそんなに雪加を死なせたいのか？　…外の風を浴びせて、殺したいのか⁉」

「……帷…っ…！」

だが、雪加という重石《おもし》が腰にぶら下がった程度では、怒り狂う帷を止めることなど不可能だった。もはや雪加に出来るのはきつく瞼を閉じて帷にしがみつき、少しでも蹴りの威力を削《そ》ぐことだけだ。

——ダァアンッ！

「…ひ……っ！」

乾いた銃声がとどろいた時は、とうとう坂本が殺されてしまったのかと思った。帷がどこかに隠し持っていた拳銃で、坂本を撃ったに違いないと。

しかし、異様などよめきに恐る恐る目を開けた次の瞬間、雪加は予想を遥かに上回る悪夢に突き落とされる。

「…こ、この儂を馬鹿にしおって…！　死にたくなければそこを退《ど》け！」

モニターに映し出されていたのは、肩から血を流して倒れる黒服の男——そして、石野の腕に捕らわれ、こめかみに拳銃を突き付けられる聡志だった。

「——組長！」

配下の一人がボックスシートに飛び込んできたのは、それから間も無くのことだった。足蹴《あしげ》にされぼろぼろになった坂本にも、脱げかけていたズボンをさっと上げる雪加にも一瞥《いちべつ》すらくれず、淡々と事実だけを報告する。

雪加たちの意識がモニターから逸れている間に、石野は取り下げ《リサイン》を迫られていたらしい。帷が二度目の乱入の際に入札した金額を、手持ちの現金ではどうしても上回れなかったのだ。

この闇オークションでは現金での支払い以外認められておらず、船内に持ち込んだ金額をあらかじめ主催者に伝えておくことになっている。現金が最も足がつきにくいのと、万が一にも不払いを防ぐためだが、石野はこの持ち込み金額が入札額を下回ってしまったのである。まさか前戯《ぜんぎ》の段階で乱入者が現れるとは思わず、意地になって想定以上の金額を注《つ》ぎ込んだのがいけなかったのだろう。

オークションの規定により、そうした場合はＶＩＰであろうとゲストの資格を失い、船を下ろされる。しかし石野は退場を促されるや、隠し持っていた拳銃を発砲し、聡志を人質に取ったのだという。

報告を聞き終え、帷は眉を顰めた。

「あの糞豚《くそぶた》…気でも狂ったか？」

そうだ、狂ったとしか思えない。

たった拳銃一挺《ちょう》で、どうやって闇世界の男たちに対抗しようというのか。数人倒せたとしても、弾が尽きればそこでおしまいだ。表社会とは隔絶したこの空間では、何人傷付けようと…最悪殺そうと罪に問われないのかもしれないが、代わりに罰を与えるのは帷なのだ。警察に逮捕された方がましだと思うほどの目に遭わされるのは、間違いない。

そして…何より恐ろしいのは。

「…どうします？　商品もろとも排除しますか？」

「……………！」

配下の提案に、雪加は震え上がった。聡志ごと石野を排除する――最も手っ取り早く、最も確実なその手段こそが、雪加が今一番恐れる事態だったから。

……帷たちにとって、聡志は何の価値も無い。帷に至っては、忌み嫌っている。他の招待客たちを守るため、聡志を犠牲にする可能性はじゅうぶんにあるのだ。両親亡き今、聡志が消えても騒ぎ立てる者は一人も居ないのだから。

「…どこへ行くんだ、雪加」

居ても立ってもいられず、駆け出そうとしたとたん手首を摑まれた。仮面越しに睥睨《へいげい》され、雪加はぶんぶんと腕を振る。

「放せ！　…僕は、聡志を助けに行かなくちゃ…！」

「どうして雪加が、あのクソガキを助けてやらないとならない？」

「……お前は……！」

——まだ言うのか。雪加の言葉は、どうしても届かないのか。

もどかしさに歯嚙みする雪加は、次の瞬間、はっと目を見開く。

「俺が行く」

「……え？　帷、お前……」

「雪加の代わりに、俺が助けに行く。…だからお前は、ここで大人しくしていて」

帷の唐突な宣言に、驚愕したのは雪加だけではなかった。配下たちはいっせいに目を剝き、思いとどまるよう必死に言い募《つの》る。ボスに死なれては困るからと言うよりは、純粋に帷の身を案じている者がほとんどだ。若き組長は、意外にも慕《した》われているらしい。

「何があっても雪加を守れ。万が一の場合は……わかっているな？」

結局、誰も帷を翻意《ほんい》させせられなかった。配下から渡された拳銃を懐《ふところ》に仕舞い、念を押す帷に、坂本は力強く頷く。

「承知しております。お任せ下さい」

「帷……」

……どうして突然、聡志を助けようとするんだ。ついさっきまで地獄に落としてやると言っていたのに、嫌悪を隠そうともしなかったのに、どうして……。

幾つも胸に渦巻《うずま》く疑問を、ぶつける時間も勇気も無かった。何を言っていいのかもわからず、ただじっと見詰めるしか出来ない雪加の唇に、帷は触れるだけの口付けを落とす。

「——行ってくる」

「…あ…っ……！」

とっさに後を追いそうになり、雪加はぐっと拳を握り締めた。…一体、どうしてしまったんだろう。追いかけて何をしたいのかすら、わからないのに。

「……雪加様」

帷が消えた扉の前でじっと立ち尽くしていると、坂本が気遣わしげに呼びかけてきた。ソファに座るよう勧められ、雪加は首を振る。とてもではないが、ゆっくりくつろぐ気にはなれない。

「どこか、帷が…一階が見えるところに居てはいけませんか？」

「…わかりました。では、こちらへ」

坂本は雪加を一階が一望出来る壁際に立たせると、残された配下たちを二手に分け、それぞれ扉付近と雪加の周辺の警戒に当たらせる。てきぱき指示を飛ばす姿を見ていると忘れそうになるが、この男はたった今まで帷の激しい暴力に晒されていたのだ。

「あの……すみませんでした。僕のせいで……」

「私がやりたいからやったことです。雪加様が詫《わ》びられる必要などありません。…それに、帷様も…」

「――ひぃっ、ひぃいいいいっ！」

坂本の言葉の続きは、階下から響き渡る悲鳴にかき消された。ばっとフロアを見下ろせば、泣きじゃくる聡志のこめかみに拳銃をめり込ませた石野が黄ばんだ歯を剝き、荒い息を吐いている。血走った目の先に居るのは――帷だ。

「く、来るな！　この親殺しがっ！」

「…今すぐ銃を捨て、人質を解放しろ。素直に投降《とうこう》するなら、命だけは助けてやる」

ステージを取り囲んでいた配下たちを視線で下がらせ、帷は毅然《きぜん》と告げた。すでに他の招待客は配下たちの誘導で避難したらしく、あれだけ人口密度の高かったフロアに残っているのは帷たちと石野、そして聡志だけだ。

黒服の配下たちが当然のように拳銃を手にしているのを見て、雪加はくらりとした。やはり予想は正しかったのだ。帷が自ら階下に赴《おもむ》かなければ、彼らは聡志ごと石野を撃つつもりだったに違いない。…いや、今だって、石野の行動次第ではその可能性はじゅうぶんにある。

……帷…、お願い…無事に戻って来て……。

ごく自然に祈りそうになり、雪加ははっと我に返る。何てことだろう。罪も無いのに命の危険に晒された弟を、束の間、本気で忘れていたなんて。…帷のことだけしか、頭に無かったなんて。

顔を涙でぐちゃぐちゃにした聡志が、帷にのろのろと手を伸ばす。

「う…、うぅっ…、助けて、助けてよぉ……」

「この…、黙らんか、クソガキっ！」

苛々と舌を打ち、石野は拳銃を握る手を振り上げた。その拳が聡志を打ち据える前に、帷が低く警告を発する。

「――やめろ。人質を傷付けるな」

「……うるさい！　儂に指図を……」

喚き散らしかけ、石野ははたと声を呑んだ。不気味な沈黙の後、にたりと妖怪めいた笑みを浮かべる。

「親殺しの分際で、人質を傷付けるなと来たか。ずいぶんとまあ、このガキを気に入っているようだな?」

「………」

帷は挑発には乗らないが、代わりに周囲の配下たちが気色《けしき》ばんだ。…親殺し。そう言えば、さっきボックスシートの前で鉢合わせした時も、石野はそう言っていた。

雪加が箱庭に放されていたほんの一年の間に、健在だった実父を押しのけ、組長の座に就いていた男…。

……まさか、殺したのか? 自分の父親を……。

一度だけ会ったことのある帷の実父、勇剛のふてぶてしい面構《つらがま》えを思い出し、背中に冷たいものが伝い落ちる。

甚《はなは》だ身勝手ではあったが、勇剛は極道なりに息子の将来を慮《おもんぱか》っていた。雪加の父親と違い、親としての愛情はあったのだ。その父親を殺してまで、組長の座を奪い取ったというのか?

…一体、何のために?

「このガキを傷付けるなと言うなら、こっちの要求も聞いてもらわなければなあ?」

ひっくひっくと嗚咽《おえつ》する聡志を、石野はしっかりと抱え直した。…気付いてしまったのだ。自ら招いてしまった窮地を逃れる、たった一つの切り札を手にしているのだと。

帷は雪加との約束を破らない。助けに行くと言ったのなら、必ず…自分がどんな目に遭ってもそうするだろう。聡志の命さえ無視すれば、石野一人、すぐにでも排除出来るはずなのに。

――雪加が、帷を命の危機に晒しているのだ。

「……あぁ、…っ…」

自覚したとたん眩暈《めまい》に襲われ、よろめいた雪加を、坂本がすかさず支えてくれた。

「雪加様…ご安心下さい。帷様は絶対に死んだりなさいません」

「…どうして、そんなふうに言い切れるんですか?」

「あの方が、雪加様を置いて逝《い》くことなどありえませんから」

気持ちいいくらいに断言し、坂本はステージを指差してみせた。いきりたつ石野の斜め後ろ――ちょうど死角になる位置で、道化師の仮面をつけた司会者が息を殺し、ひっそりと動向を窺っている。

「帷様は無策で窮地に飛び込まれたわけではありません。雪加様の弟さんを救った上で、ご自分も生き延びられるおつもりです」

「本当に……?」

雪加が固唾を飲んで見守っているとも知らず、己の優位を確信した石野はふふんと鼻を鳴らす。

「まず、こいつら全員に武器を捨てさせてもらおうか。…さもないと、恐ろしさのあまりうっかり手が滑りかねないからな?」

「……ひっ!」

ぐい、と銃口をめり込まされ、ふらつく聡志の股間がたちまち濡れそぼち、ステージに液体が流れ落ちた。

帷は微かに眉を顰め、拳銃を構えたまま遠巻きにする配下たちに命じる。

「――言う通りにしろ」

配下たちは無表情のまま従い、彼らが手放した武器は石野の要求通り、ステージの後方へと追いやられた。石野の注意を掻《か》い潜《くぐ》り、取り戻すのはほぼ不可能だ。

「ひゃははは…っ、はーっはっはっはっ！　たかがガキ一匹のために、言いなりになるとはなあ。このガキ、貴様の玩具か何かか？　飽きて処分しようとしたら、寸前で情でも湧いたってところか？」

「……」

「手付かずの初物《はつもの》だから競り落とそうと思ったのに、儂もとんだ不良品を摑まされかけたものよ。代わりの品が無ければ、とうてい気が済まんなあ」

にたにたと気色悪い笑みを貼り付け、調子に乗った石野は欲望を一気に加速させる。今や石野の関心は聡志でも脱出でもなく、帷に集中していた。…だから、帷の目配せを受けた司会者が密かに忍び寄りつつあることも、帷が囮《おとり》の役割を務めていることにも気付けないまま墓穴《ぼけつ》を掘り進めてしまうのだ。

「さっき、貴様のものとかぬかしおったあの玩具。…あれを寄越せ」

「……何？」

「聞こえなかったのか？　貴様がボックスシートに連れ込んだ、あの玩具だ。儂を騙した詫びに、あれを…っ…」

油でも塗ったように良く回っていた石野の口が、ひくりと痙攣《けいれん》した。得意気に拳銃を握っていた手は小刻みに震え、仮面から覗く双眸は恐怖に染まっていく。さっき配下たちと一緒に武器を捨てた帷は丸腰で、石野が引金を引けば容易く撃ち殺せるはずなのに。

「…あれを…、どうしろと？」

「あ、ああ、あっ…」

――帷の姿をした死神の静かな怒りに、石野は呑み込まれかけている。いや、石野だけではない。聡志までもが嗚咽を引っ込め、かちかちと歯を鳴らしている。脅迫者であるはずの石野の腕に、ひしとしがみついて。

「人間以下の豚の分際で、俺の可愛い小鳥をどうしろと言った？」

「ひ、ひぃっ…」

「お前は雪加を殺すつもりなのか？　…お前の薄汚い手に触れられたら、俺の雪加は死んでしまうだろうが…！」

「うう…っ、うわあああああっ……！」

石野がへなへなとくずおれた隙を、司会者の男は見逃さなかった。素早く肉薄し、石野の手を強《したた》かに打ち付ける。

「ぐわあっ⁉」

帷は敏捷《びんしょう》な獣の身のこなしでステージに跳び上がり、床に落ちた拳銃を蹴り飛ばした。ステージの隅へ転がっていったそれを、すかさず飛び出した配下の一人が拾い上げる。石野は逃げ出そうともがくが、一緒に倒れた聡志の身体が重石になって身動きが取れない。

「うう…っ、この、ガキっ！　退け、退かんかぁっ！」

じたばたともがく石野の上から、司会者の男が聡志を抱き起こした。ぐったりとはしているが、怪我は無いようだ。堰《せき》を切ったように溢れ出した泣き声が、ここまで聞こえてくる。

……終わった……、のか……？

いつの間にか詰めていた息を吐きかけ、雪加は手すりからばっと身を乗り出した。取り押さえようとした配下の手を振り払い、石野がゆらりと起き上がったのだ。どこに隠し持っていたのか、その手には折り畳み式のナイフが握られている。

「…この…、クソガキぃぃぃぃいっ！」

聡志目掛けて突進する石野の血走った目に、正気は欠片も無い。どうせ破滅するなら帷が執着する少年を道連れにして、少しでも帷に痛手を負わせてやる。狂気と執念に取り憑《つ》かれているのだ。

聡志にしっかりしがみつかれているせいで、司会者の男はとっさに逃げ出せない。ぐらりと揺れ、階下に落ちそうになった雪加を、坂本がすんでのところで引き戻す。

「さ…、…聡志！　逃げて！」

叫ぶことしか出来ない雪加の代わりに、帷が動いた。石野がぶつかる寸前に、石野と聡志の間に長身を滑り込ませる。

──まるで、悪夢の沼底に突き落とされたようだった。

鋭利な切っ先が帷のダークスーツを突き破り、右肩に吸い込まれていく。溢れ出る鮮血も、誰かの甲高《かんだか》い悲鳴も、悪い夢としか思えないほど禍々《まがまが》しくて…。

「…、様。……雪加様！」

がくがくと肩を揺さぶられる感触と共に、鼓膜を突き破らんばかりの悲鳴は消え失せた。坂本さん、と呼びかけようとしたとたん激しく咳《せ》き込んでしまい、雪加はようやく気が付く。悲鳴を上げ続けていたのは、雪加自身だったのだと。

「…あ、あ、さ、…かもと、さん…、…帷が、…帷が、帷がっ…」

「お気を確かに。…帷様なら大丈夫です」

何が大丈夫だというのか。帷は力無くくずおれたまま、全く動かないのに。…ナイフの突き刺さった肩から滴《したた》り落ちる血が、床を紅く染めつつあるというのに。

配下たちに打ちのめされ、引きずられていく石野も、失神してしまった聡志も、雪加の視界には入らなかった。すぐにでも帷のもとに駆け付けたいのに、役立たずの脚はぶるぶると震えるばかりで言うことを聞いてくれない。

「…帷のところに、連れて行って下さい」

ろくに力の入らない手で、雪加は坂本のジャケットを握り締めた。

「お願いします…。…お願いだから…、早く、帷のところに……！」


客船から秘密裏に運び出された帷《とばり》は、樋代《ひしろ》組の息のかかった総合病院で治療を受けた。

幸い出血の割に傷は浅く、重要な神経も無事だったため手術は比較的短時間で終了したのだが、雪加《せっか》にとっては生き地獄にも等しい時間だった。一流ホテルのラウンジを彷彿《ほうふつ》とさせる特別室で待っている間、何をしていたのかほとんど覚えていない。かろうじて記憶にあるのは、膝に顔を埋《うず》め、ひたすら帷の無事を祈っていたこと…そしてそんな雪加に、坂本《さかもと》が片時も離れず付いていてくれたことだけだ。

本当に助かったのだと自覚出来たのは、手術を終えた帷が特別室に運んで来られてからだ。患者服に着替えさせられた帷は、胸元から覗く包帯こそ痛々しいが、その寝顔は安らかだった。ゆっくり上下する胸と呼吸を確かめた時は、張り詰めていた神経が一気に緩《ゆる》み、へなへなとへたり込んでしまったほどである。

『雪加様も緊張し通しでお疲れなのですから、どうかお休みになって下さい。雪加様まで体調を崩されては、帷様もお心が休まりません』

心配した坂本に半ば無理矢理付き添い用の控え室のベッドに押し込まれ、仮眠を取らされるはめになった。こんな時に眠れるものかと思ったけれど、身体は想像以上に疲れていたらしく、目覚めたのは翌日の朝だったのだが――。

「……えっ？」

重い瞼《まぶた》を上げた瞬間、長い睫毛《まつげ》が触れそうなほど近くに帷の端整な顔があって、雪加は混乱した。実はまだ眠っているのだろうか。だが、ブランケットからはみ出た雪加の手を握り締めてくれる温もりは、間違い無く現実のものだ。

「……良かった。雪加……」

強張《こわば》っていた頬を緩ませ、帷は雪加の手をそっと己の頬に押し当てる。ネイビーのパジャマに温かそうなガウンを羽織《はお》り、椅子に腰かけた姿は鳥籠に居る時と変わらないが、この男はほんの数時間前に全身麻酔の手術を受けたばかりなのだ。

「よ、…良くない…！　お前、どうして起きてるんだよ。まだ寝てなくちゃ駄目だろう⁉」

「このくらい、たいした傷じゃないよ。主治医も、激しい運動をしなければ動いていて構わないって言ってたし」

それは言ったのではなく、言わせたのではないだろうか。真偽のほどは本人に尋ねなければわからないが、帷は主治医を呼んでくれるつもりは無さそうだ。雪加の手に何度も頬擦《ほおず》りをしながら、飽かずに雪加を眺めている。

親友だと信じていた頃を彷彿とさせる、屈託《くったく》の無い温かな笑み。そんなものを向けられるのは久しぶりで、ひどく落ち着かない。聞きたいことは山ほどあるのに、何から話せばいいのかわからなくなってしまう。

「……聡志《さとし》のことだけど」

帷の方から切り出され、雪加はぎくりと硬直した。帷が聡志の名を口にした驚きもあるが、今の今まで聡志の存在をすっかり忘れ去ってしまっていたのだ。坂本に鳥籠から連れ出してもらったのは、聡志を救い出すためだったのに。

「ひとまずは入院させて、治療を受けさせているよ。薬はもう抜けているし、身体的な傷はほとんど無いから、心の方が回復したら然《しか》るべき施設に入ることになる」

「…………」

「もし聡志が望むなら、適切な後見人を付け、外で暮らすことも出来る。独り立ちするまでの学費と生活費は俺が出すから、心配は要《い》らない。……雪加？」

どうしたの、と首を傾《かし》げられ、ようやく自分が馬鹿みたいに口を開けていることに気付いた。自由な方の手で頬をつねってみるが、ちゃんと痛みを感じる。…夢じゃない。現実だ。

「…お前、本当に帷なのか？」

「雪加…？」

「だって、帷がそんなまともなことをするわけがない…」

罪の無い聡志を捕らえ、薬を打ち、変態だらけの闇オークションに出品したのはこの男なのだ。雪加が眠っているうちに、石野《いしの》以外の誰かに売り払うくらいやりかねないではないか。

「……雪加が、逃げなかったから」

まじまじと見詰めていると、帷は雪加の薬指を飾る指輪に熱い唇を押し当てた。対《つい》になるデザインの指輪が、帷の薬指にも光っている。

「俺が刺されても、雪加は逃げなかったから。…だから、あのクソガキにも少しだけ寛大になってやれたんだよ」

「逃げなかったから、って…そんなことで…？」

この男は何を言っているのだろうか。帷は雪加のせいで刺されたも同然なのだ。見捨てて逃げるなんて、出来るわけがないだろうに。

「俺のことが心底嫌で、憎んでいるのなら、何があったって逃げ出すだろう？　…でも雪加は逃げなかった。俺が刺された時も、何度も俺の名前を呼びながら泣き叫んで…」

「…帷…」

「雪加が俺のために泣いて悲しんでくれているんだと思うだけで、幸せで死にそうだった。いつまでも聞いていたかったな…」

うっとり呟く帷の正気を、雪加は本気で疑った。自分のせいで帷が死んでしまうのではないかと、生きた心地がしなかったあの瞬間、当の帷は幸福に酔い痴《し》れていたというのか？　大量の血を流しながら…？

「…お前…、頭、おかしいよ…」

ひくつく喉《のど》からやっと絞り出せば、指輪を嵌《は》めた手に帷の指がするりと絡んだ。数え切れないほどベッドで雪加を追い詰めたそれが、今日はやけに儚《はかな》く見えるのは、微《かす》かに漂う薬品の匂いのせいだろうか。

「そうだよ。俺は雪加に狂ってるんだ。雪加を可愛がって、俺のものだって印をつけて、雪加の世界を俺だけにすることしか考えられない。…そんなのは、親友とは言えないだろう？」

「…っ、じゃあ、僕を友達と思ったことなんて無いと言ったのは…」

「屑《くず》みたいな兄たちから庇《かば》ってもらった時…いや、きっと初めて声をかけられた時から、俺は雪加を愛してた。友達だなんて、思えるわけがない」

「…そんな…」

眩暈《めまい》がした。そんなささいな行き違いに、三年もの間苦しめられていたのか。

帷の命令を破ってまで、坂本が雪加を連れ出したくなるわけだ。きちんと話せば解ける誤解を、自分たちは抱えすぎている。…もっとも、こんな事態にでも陥《おちい》らなければ、帷とじっくり本音を交わし合う機会など無かっただろうが。

きっとまだ、帷は秘密を抱いている。知らないがゆえに振り回されるのは二度とごめんだ。

「…色々疑問はあるけど、まずこれから聞くぞ。…父さんたちは、いつ、どうして自殺したんだ？」

問いを放ったとたん、雪加の手に絡んだ指がぎくりと強張った。そっと視線を逸《そ》らされそうになり、雪加は帷の手を握り返す。

「教えてくれ、帷。何か、僕には知られたくない事情があったんだろう？」

「雪加…、でも俺は…」

「僕を傷付けたくないというのなら、教えて。真実を知らないまま、何があったんだろうって一生考えながら生きていくなんて…地獄と同じだ」

鳥籠の中でなら、帷は決して口を割らなかっただろう。けれど、雪加は真実の一端に触れてしまった。…無知な小鳥には、もう戻れない。

やがて帷は深い溜息を吐き、諦めたように眼差しを合わせた。

「……息子が受け継ぐべき遺産を横領《おうりょう》した罪が露見《ろけん》し、逮捕されそうになったからだ」

「息子？　…遺産って…」

困惑する雪加に、帷は淡々と説明してくれた。雪加の亡き実母は、再婚した夫の莫大《ばくだい》な遺産を受け継いでおり、母亡き後は雪加が一人で相続する権利があったのだと。

初耳だったのは、父が遺産の存在を雪加には隠し、着服《ちゃくふく》してしまったせいだ。父と継母の贅《ぜい》沢《たく》ざんまいの資金も、聡志の私立校の学費も、全ては雪加が受け取るべき遺産から出ていたのである。

一方で雪加は新しい服や文房具すら満足に買ってもらえず、大学の学費さえ渋られた。仮にも実の父親とは思えない鬼畜《きちく》の所業だと、父の罪が露見するや、マスメディアはこぞって騒ぎ立てたという。

「逮捕されて世間の非難に晒《さら》されるくらいならと、桐島《きりしま》たちは断崖絶壁から身を投げた。遺体は発見され、すでに葬儀も済んでいる」

「…聡志は、道連れにされなかったのか」

「そうするつもりだったようだが、最後の最後で可哀想だと思ったらしい。海岸に一人薬を飲まされて取り残されていたのを、警察に保護された」

まるで見てきたように答える帷は、配下たちに命じ、実際に両親の最期《さいご》を見届けさせたのだろう。聡志たちの熱海《あたみ》旅行も逐一監視させていたのだから、やりかねない。

…どうして止めてくれなかったのか、などと責める気持ちは湧いて来なかった。実の親子なのに欠片《かけら》の愛情もくれなかった父にも、面倒ばかり押し付けてきた継母《ままはは》にも、そこまでの思い入れは無い。かろうじて残されていた家族としての情も、今完全に消え去った。

——胸に残るのはただ、一抹《いちまつ》のやるせなさだけだ。手に入るはずだった莫大な遺産に未練など無いけれど、結局、あの人たちは最期まで雪加とまともに向き合おうとしてくれなかったのだと思い知らされて。

だが、帷には雪加が両親の所業に胸を痛めているように見えたらしい。

「…やっぱり、あの程度じゃ甘かったか」

「——はっ？」

「飛び降りる前に捕まえて、一センチずつ切り刻んで挽肉《ひきにく》にしてやれば良かった。どうせ鮫《さめ》の餌《えさ》になるんだから同じなのに。それとも、大陸のマーケットにでも流すべきだったのか？　鬼《おに》畜生《ちくしょう》でも、臓器は人間のものなんだし…いや、臓器だけでもあの屑どもが生きているなんて雪加への冒瀆《ぼうとく》だ……」

「と、…帷、帷…！」

雪加は起き上がり、恐ろしいことばかり並べ立てる帷の肩を揺さぶった。きょとんと見返してくる瞳は清らかに澄み、一点の曇《くも》りも無い。

「…どうしたの、雪加。もしかして自分の手でとどめを刺したかった？」

「そうじゃない。そうじゃなくて…」

「でも駄目だよ。いくら雪加のお願いでも、それだけは叶えてあげられない。あんな屑どもに触ったら、雪加の綺麗な手が穢《けが》れてしまうから…」

「も…、もう…！」

業《ごう》を煮やした雪加はやおら伸び上がり、よく回る唇に己のそれをぶつけてやった。ぴたりと黙った…と言うよりは驚愕のあまり硬直した帷に、正面から向かい合う。

「…僕は、復讐なんて望まない」

「っ…、そんな、どうして」

「僕が何かするまでも無く、お前が手を下してるじゃないか。……父さんの横領が発覚したのは、お前の仕業《しわざ》なんだろう？」

それは質問の形を借りた確認に過ぎなかった。

…横領の話を聞いた時から、疑問に思っていたのだ。母の訃報《ふほう》がもたらされたのは、雪加が中学生になる直前の頃である。それから今までずっと秘匿《ひとく》されていた罪が十年以上経った今になって突然露見した挙句《あげく》、有名人でもない父の所業がマスメディアに騒がれるなんて、そうそうありえない。

誰かが采配《さいはい》を振るったのだ。雪加を虐待《ぎゃくたい》する両親に、強い恨みを持つ誰か——そんな人間は、たった一人しか思いつかない。

「——いつから？」

引っ込められそうになる手を、今度は雪加がきつく掴む。小鳥と支配者の関係は、いつの間にか逆転していた。

…逃がさない。逃がすものか。

「いつから、お前は父さんの横領を知っていた？」

少なくとももここ最近ではないはずだ。坂本によれば、両親が自殺したのは、雪加が再び閉じ込められた二ヵ月ほど前のこと。それ以前から横領の事実を把握していなければ、常に監視を付けようとは思うまい。

観念したように、帷は俯《うつむ》いた。

「……大学に、入った頃だよ」

「そんなに前から…⁉」

「疑問自体は、ずっと前からあったんだ。雪加はいつも同じような服を擦《す》り切れるまで着せられているのに、他の家族はずいぶんと羽振《はぶ》りがいい。その資金は、どこから来てるんだろうって」

そうして樋代組の力まで使って調べた結果、明らかになった罪は横領だけではなかった。莫大な遺産を浪費し尽くしてしまった父親は、雪加に高額の生命保険をかけ、事故に見せかけて殺そうとしていたのだ。

ただ帷は、父の罪を即座に告発しなかった。それどころか父が望むだけの金を与えて飼い馴らし、罪が明るみに出ないよう取り計らいさえした。

…その、理由は――。

「…雪加に、傷付いて欲しくなかったんだ」

「帷……」

「だって、雪加はもうじゅうぶんに傷付いていた。弟ばかり可愛がられて、一人だけ家族の輪から弾き出されて…その上父親に殺されるところだったとわかったら、お前は呼吸を止めてしまうんじゃないかと思った。だから……」

「……だから、僕を鳥籠に閉じ込めたのか……」

――何て馬鹿な男。死なせるくらいなら、その前に羽をもいで自分の掌《てのひら》に閉じ込めようとするなんて。

ああ、でも確かに……相手に恨まれ、嫌われることすら厭《いと》わないその感情は、友情などではない。ならば愛情？　いや、そんな生ぬるいものでもない。

何と呼べばいいのだろう。逃げても逃げても纏《まと》わり付いてくる、この男を。…この男になら、捕まっても仕方が無いと納得しかけている自分の心を。

「本当に、馬鹿だなあ……」

帷も。――雪加も。

しみじみと呟けば、帷は母親に叱られた子どものように怯《ひる》んだ。だがすぐに強い光を双眸に宿らせ、雪加の手を握り返す。

「馬鹿でもいい。俺は絶対、雪加を放さないから」

「…また僕を鳥籠に閉じ込めるつもりなのか？　もう、隠し事はなくなったのに？」

まさかまだ何か隠しているんじゃないだろうな、と眼差しで問えば、黒い瞳がぎらりと光った。ひくつく喉に、帷は唇を寄せる。

「雪加は勘違いをしているよ。…俺が鳥籠を作ったのは、俺のためだから」

「帷の、ため？」

「俺は雪加が欲しかった。他の誰にも見せたくないし、俺以外の誰も見て欲しくなかった。お前が少しでも気にしている女は、本性を暴いて捨ててやった」

言われてはっとした。学生の頃、帷が女の子を取っ替え引っ替えしていたのには、そんな理由があったのか。

「寂しがってるお前を、抱き締めるだけじゃ我慢出来なかった。裸に剝いて、白くて小さな尻を俺のもので犯して、腹の中まで俺でいっぱいにしてやりたかった。お前の言う平穏な暮らしなんて、糞食《くそく》らえだ。清く正しく生きてお前と離れ離れになるくらいなら…いっそ、極道の泥に首まで浸《つ》かった方がましだと思った」

「……！　じゃあ、お前がいきなり父親の盃《さかずき》を受けたのは……」

「力が必要だったんだ。…道理も何もかも、ねじ伏せるだけの力が。結局、そのせいで雪加をよけいに傷付けて、一度は箱庭に放すことになってしまったけど…」

今度こそ雪加は天を仰《あお》いだ。この男の行動原理はどこまでも雪加なのだ。雪加自身よりも、雪加のことを考えているのではないだろうか。

「…石野は、お前を親殺しって騒いでたけど…本当に殺したのか？」

「まさか。ただ全ての権限を奪い、隠居に追い込んでやっただけだ。二度と雪加の前に姿を現せないよう施設にぶち込んで、外部との接触も断たせたから、殺したんじゃないかと噂されているんだろう」

一度は極道の頂点に立った勇剛《ゆうごう》にとって、飼い殺しの状態はある意味殺されるよりもつらいだろう。ましてや、陥《おとしい》れたのが特別目をかけていた帷と来れば尚更だ。

「父親と言えば…お前の兄さんたちはどうなったんだ？　正妻は？」

勇剛が隠居しても、正妻とその息子たちが健在なら妾腹《しょうふく》の帷が組長の座に就《つ》くのは難しいはずだと思って問えば、すっと顔を逸らされる。

「お前の父親が言ってた、政治家の娘は？」

「…………」

「…おい。まさかお前、その娘と結婚してるとか言うんじゃないだろうな」

「それは無い。絶対に無い」

素早く視線を合わせ、帷は断言した。

「愛しているのも、結婚したいのも雪加だけだ。雪加以外の男も女も要《い》らない」

「じゃあ、縁談は断ったってことか。お前の父親はずいぶん乗り気だったけど、どうやって？」

問いを重ねれば、帷はまたぴたりと口を閉ざし、明後日《あさって》の方を向いてしまう。異母兄や正妻、政治家の娘の処遇についてはよほど話したくないらしい。

…一体、どんな仕打ちをしたのか。幼い聡志にすら容赦は無かったのだから、きっと雪加の想像の百倍は惨《むご》いことになったに違いない。

それもまた突き詰めれば、雪加のためだったのだと思うと気は重いけれど――。

「…聡志をあんな目に遭わせた理由は？」

これだけはきちんと確かめておかなければ気が済まない。雪加の思いが伝わったのか、隠すつもりも無かったのか、帷も今度は返答を拒《こば》まなかった。……完全に予想外の答えではあったが。

「愛されたから」

「……は？」

「あのクソガキは、最後の最後まで両親に愛されたから。…俺の雪加は、どんなに望んでも愛されなかったのに」

もしかして、聡志が心中の道連れにされかけて、結局置いて行かれたことを言っているのだろうか。雪加には与えられなかった愛情を、聡志が与えられたから？　それで雪加が傷付くと思い込み、あんな真似を？

「……ああ、もう……」

すさまじい疲労感に襲われ、雪加はベッドにへなへなと前のめりに倒れ込んだ。雪加、雪加と泡を食った帷が縋《すが》り付き、がくがくと揺らしてくる。どうしてそんなに元気なんだろう。傷は浅かったとはいえ手術を受け、大量の血まで失ったのに。

…知らないことが多すぎる。話し合わなければと思っていたけれど、まさかこんな結末が待っているなんて。

「雪加、大丈夫か？　雪加？」

雪加の名前を連呼《れんこ》する帷は、雪加がのろのろと起き上がるや、ぱっと顔を輝かせた。これが今まで雪加を出口の無い鳥籠に閉じ込め、恐怖で支配してきた男なのだろうか。

この男を、可愛く思える日が来るとは――。

「…帷。念のために聞くけど、僕を逃がしてくれるつもりはあるのか？」

「無い」

断言。

予想通りといえば予想通りの反応に、笑いがこみ上げてきた。

帷がこれほど傍に居れば、いつもなら震えが止まらなくなるところだけれど、今はもう怖くない。ようやく悟《さと》ったから。この男の全ては雪加の掌の内にあるのだと。…鳥籠の小鳥は、帷の方だったのだと。

「――僕が一生、お前を好きにならなくても？」

意地悪な問いに、漆黒の双眸が揺れた。

「…それでもいい。お前をどこかに羽ばたかせるくらいなら、嫌われても、憎まれても傍に置

く」

嘘吐き、と雪加は胸の中で呟いた。…僕が気付かないとでも思っているのか？　愛されたいくせに。――愛されることだけしか、求めていないくせに。

「耳を貸して、帷」

ちょいちょいと指で招けば、帷は躊躇《ためら》いながらも従った。今にも死にそうな表情なのは、雪加に罵《ののし》られると覚悟しているからなのだろう。嫌われても憎まれてもいいと豪語したくせに、雪加の一挙一動に振り回されすぎだ。

雪加が逃げれば、この男は必ず狂う。周囲の何もかもを巻き込んで荒れ狂い、しまいには雪加もろとも己の身を滅ぼすに違いない。

…この気持ちはきっと、帷と同じものじゃない。愛と呼べるのかもわからない。ただ、同情しているだけなのかもしれない。

でも、帷を一人にしたくない。その気持ちだけは真実だから。

「…僕は、お前を…」

夜中にふと意識が浮上し、隣を探ると、そこに愛しい温《ぬく》もりは無かった。伸ばした腕は、滑《なめ》らかな絹のシーツを掻《か》くばかり。

「…雪加…?」

帷は一気に覚醒し、ベッドヘッドのランプを点《つ》けた。淡い灯《あか》りに照らされたベッドに、共に眠りに落ちたはずの雪加は居ない。

「雪加、……雪加!」

羽布団に包まれた身体が、真冬の海に放り込まれたように凍り付いた。ベッドから飛び降り、寝室を飛び出そうとした時、呆れ返った声をかけられる。

「…真夜中に何やってるんだよ、帷」

「せ、…雪加、雪加雪加っ!」

廊下の向こうから現れた雪加に、帷は駆け寄った。ぎゅっと抱き締めれば、溜息を吐きながらも抱き返し、背中を叩いてくれる。

「……俺を置いて、消えてしまったのかと思った……」

「喉《のど》が渇いたから、キッチンに行っただけだろ。たぶん五分も経ってないぞ」

「…ご…、五分…!」

そんなに長い間離れ離れになっていたのだと自覚した瞬間、心臓が激しい鼓動を刻み始めた。どうして雪加がベッドを出ようとするのと同時に目覚められなかったのか。

「あ、…こら、帷…！」

抗議など聞かずに小柄な身体を抱き上げ、ベッドに運ぶ。きちんと一番上までとめられたパジャマのボタンを外す手間が、何とももどかしい。以前なら、薄い下着を引き裂くだけで素肌に触れられたのに。

……やっぱり、雪加には衣服なんて要《い》らないんじゃないだろうか。どうしてもと言うのなら帷のシャツだけを羽織って…そうすれば、いつでもどこでもすぐに繋がれるし……。

「…何度でも言うけど、僕はもう二度と恥ずかしい下着だけとか、宝石だけなんて格好はしないからな」

心の中をずばりと読まれ、パジャマをはだけさせる手が止まった。淡い光に、唇を尖らせた雪加が浮かび上がる。

「どうしてわかったんだろう、とか思ってるんだろうけど、全部顔に出てるからな。それも初めてじゃないし」

「え……」

「それにお前、僕が服を着ていようといまいと、結局はこうするんじゃないか」

だったら着ていたっていいだろう、と嘆息《たんそく》しつつも、雪加は帷の手を拒まない。全て脱がされれば何が始まるか、わかっているはずなのに。

「はぁ…、雪加…」

数時間前の行為の余韻《よいん》を残し、しっとりと吸い付くような肌に愛おしさがつのる。帷より一回りは小さな身体を彩《いろど》っていた鎖《くさり》代わりのジュエリーは、今や一つを除いて外されてしまったのに、雪加が拒まないでいてくれるだけでどうしてこんなにも劣情をそそるのか。

――今でも、自分は都合の良すぎる夢を見ているのではないかと疑うことがある。あるいは石野に刺され、そのまま死んでしまったのではと。毎日…いや、雪加に触れるたびに。

石野に刺されたあの瞬間、帷は覚悟を決めたのだ。きっと帷から逃げ出すだろう雪加をみたび捕らえ、更なる厳重な鳥籠に閉じ込める。今度こそ雪加は心を完全に閉ざし、帷のすること全てを受け止めるだけの小鳥に成り果てるのだと。

けれど雪加は、刺された帷のために泣き叫んでくれた。逃げずに手術が終わるのを待っていてくれた。坂本によれば、帷の傍を離れようとする素振りすら見せなかったそうだ。

麻酔から覚め、控え室で眠る雪加の寝顔を見た時の感情を、何と表現すればいいのか。帷を案じさせたまま縊《くび》り殺してやりたい衝動と、喰らってしまいたいほどの愛しさがせめぎ合い、窒息《ちっそく》してしまいそうだった。雪加が目を覚まさなかったら、どちらか実行していたかもしれない。

あれほどひた隠しにしてきた両親の罪や、聡志に罰を与えた理由を明かしたのは、雪加が逃げなかったからだ。鳥籠に繋がなくても、危険を完全に排除した箱庭に囲わなくても、傍に居てくれたからだ。

それだけでも天に昇るほど嬉しかったのに、雪加は自ら帷のもとで暮らすことを選んでくれた。監禁するのではなく出入りを自由にすること、きちんと衣服を着せること、帷以外の人間とも関わらせること、仕事もさせること――幾つもの条件を付けた上でだが。

石野に刺される前の帷なら、聞く耳を持たなかっただろう。けれど帷は最後の一つを除き、全ての条件を呑んだ。

そしてあの偽りだらけの邸《やしき》から引っ越し、新たに購入したマンションで暮らし始めて半年ほどが経つが、未だに慣れない。閉じ込めもしないのに雪加が共に居てくれることも、…行為を拒まれないことも。

『差し出がましいことを言うようですが、お二人はこれまであまりにも会話が少なすぎたのです。お互い大切に思われていたのですから、全てをさらけ出せば誤解はすぐにでも解けるはずだったのに』

帷が不安に襲われるたびそう言って呆れる坂本は、今でも雪加の監視役兼護衛として付き従っている。帷の退院後、どんな制裁も甘んじて受けると申し出た坂本に、帷は一切の罰を与えなかったのだ。雪加を鳥籠から連れ出したのは裏切りではなく、主人たる帷のためだったのだと、雪加に言われるまでもなくわかったから。

互いの思いを晒し、坂本の言う通り全てがうまくいったわけではない。

雪加は養われることを良しとせず働こうとしているし、帷はそれをことごとく阻止している。

雪加が少しでも自立の気配を見せるたび、やはりまた雁字搦《がんじがら》めにしてやりたくなる。何より…

雪加は、決して帷と同じ感情を共有してくれているわけではない。

『…僕は、お前を…』

それでもかろうじて狂わずにいられるのは──雪加の告白が、帷を縛っているからなのだろう。きっとあの時、帷こそが鳥籠に囚《とら》われた小鳥となったのだ。

「……愛してるよ、雪加…俺は死ぬまで、雪加のものだ……」


鳥籠の扉は閉じた。

もう二度と、開くことは無い。

あとがき
AFTERWORD……………………

―宮緒葵―


こんにちは、宮緒葵《みやおあおい》です。ディアプラス文庫さんでは三冊目の本を出して頂けました。この『鳥籠の扉は閉じた』は、小説ディアプラスに掲載された短篇に、書き下ろしを加えたものです。皆さんがたくさんのご感想を下さったおかげで、こんなに早く単行本化して頂けました。いつもながら、ありがとうございます。


私は芸能人が黒スーツ着用の鬼に追いかけまくられるリアル鬼ごっこな番組が好きなのですが、黒スーツの鬼がすさまじい速さで芸能人を追い詰める姿を見るたび、ああこれが攻だったら楽しいよな…と常々思っていました。攻が本気で逃げ惑う受を追いかけ回し、捕まえたら捕まえたで『逃げなければ追わなかったのに』とか理不尽な台詞《セリフ》を吐くわけですね。お前が追いかけるから逃げたんだろ！　っていう。

そんな時に担当さんから雑誌用の短篇（にしてはだいぶ長くなってしまいましたが…）のお話を頂けたので、ここぞとばかりに書いてみました。

最初に頭にあったのは追いかけっこシーンだけだったので、そこから設定を肉付けしてストーリーを作っていったわけですが、書いていくうちに主役二人の性格はだいぶ変わりました。

雪加《せっか》はもっと気弱で、強く出られると逆らえないタイプ。帷《とばり》は雪加の意志なんてお構い無しにやりたい放題……のはずだったのに、書き上げてみると、むしろ逆らえないのは帷の方ですよね。鳥籠監禁中もわりと雪加の言うことを聞いていましたし、関係性が変化した後なら、たいていのことには従ってくれそうです。

雑誌発売後、読者さんから頂いたご感想の中で一番多かったのが、『雪加がインドア派なら何の問題も無かったのでは…』でした。私も何日外に出なくても平気なタイプなので、とても同感出来るのですが、ストーリーの都合上そういうわけにもいかず…。たぶん雪加より帷の方が、何日も引きこもっていても苦にならないタイプですね。仕事柄、外に出ないわけにはいかないだけで。

雪加とようやく打ち解けられたので、今は一生遊んで暮らせるだけの資金を稼《かせ》ぎ、なるべく早く引退出来るよう奮闘していることでしょう。でもその頃の雪加は外でやりがいのある仕事を見付けていて、帷はぎりぎりしながら見守ることになりそうですが。

今回のイラストは、立石涼《たていしりょう》先生に描いて頂けました。立石先生、素敵な二人をありがとうございました！　立石先生が海の中で『ふふ、捕まえちゃった』シーンを描いて下さったおかげで、書き下ろし分はものすごく筆が乗りました。スーツ帷もランジェリー雪加も、そして石《いし》野《の》の変態っぷりも堪能《たんのう》させて頂きました…。

そして何よりも、ここまでお読み下さった皆様。いつも応援ありがとうございます。最近は時代物や特殊設定のお話を書くことが多かったので、久しぶりの現代物でしたが、お楽しみ頂けましたでしょうか。よろしければ、ご感想など聞かせて頂ければ幸いです。

また、他社さんにて発行されておりました『華は褥《しとね》に咲き狂う』シリーズですが、レーベル休刊に伴《ともな》い、ディアプラス文庫さんに移籍いたしました。既刊は電子書籍にて発売中、シリーズ最新刊『華は褥に咲き狂う5～兄と弟～』もディアプラス文庫さんより発売中です。こちらもどうぞよろしくお願いいたします。

それではまた、どこかでお会い出来ますように。

この本を読んでのご意見、ご感想などをお寄せください。
宮緒 葵先生・立石 涼先生へのはげましのおたよりもお待ちしております。

〒113-0024　東京都文京区西片2-19-18　新書館
[編集部へのご意見・ご感想] ディアプラス編集部「鳥籠の扉は閉じた」係
[先生方へのおたより] ディアプラス編集部気付　○○先生

-初出-
鳥籠の扉は閉じた：小説ディアプラス2019年ハル号（Vol.73）
鳥籠の扉は開いた：書き下ろし

［とりかごのとびらはとじた］
鳥籠の扉は閉じた

著者：**宮緒 葵** みやお・あおい

初版発行：2020年2月25日

発行所：株式会社 新書館
[編集] 〒113-0024
東京都文京区西片2-19-18　電話（03）3811-2631
[営業] 〒174-0043
東京都板橋区坂下1-22-14　電話（03）5970-3840
[URL] https://www.shinshokan.co.jp/

印刷・製本：株式会社 光邦

ISBN978-4-403-52501-8 ©Aoi MIYAO 2020 Printed in Japan

「華は褥に咲き狂う5 〜兄と弟〜」

イラスト：小山田あみ

剣の腕は師範級、公正で義に厚く心清らか、
皆の憧れの上様——光彬《みつあき》が、恵渡《えど》幕府八代将軍となって五年。
その名声はいよいよ高まっていた。
そんな光彬の御台所《みだいどころ》は絶世の美貌と怜悧《れいり》な頭脳を持つ男性——純皓《すみひろ》だ。
純皓が闇組織の長であるという最大の秘密も、光彬は深すぎる懐《ふところ》で受け入れ、
今や二人のあいだに付け入る隙は微塵《みじん》もない。
そこへ先代将軍光晴《みつはる》の隠し子騒動が持ち上がり……？
御台所×将軍の色恋絵巻第五弾!!

父親の借財《しゃくざい》の形《かた》に、妓楼《ぎろう》に売られた伯爵令息・馨《かおる》。

初夜を競《せ》り落《お》としたのは学院の同窓生でもある実業家・朝《あさ》倉《くら》千《ち》尋《ひろ》だった。

幼い日に馨に一目惚れして以来、馨にかしずき、馨を守るためだけに巨万の富を築いた千尋は、
馨を「俺のお姫様」と呼び、身請けを申し入れる。

けれど馨にはどうしても頷けない理由があった。

頑《かたく》なに拒絶する馨を、態度を一変させた千尋が強引に組み敷き……？

恩讐《おんしゅう》の果てに花開く至極の恋。

「奈落の底で待っていて」

イラスト：笠井あゆみ